哈福

哈福

哈福

全國第一本 中‧英‧義三語對照迷你詞典

我的第一本
義大利語單字

懂英文就會義大利語

施雯欄 編著

哈福

滿足學單字時「量」與「質」的兩大需求

介紹生活情境單字，達到實用的效果

　　書中所介紹的都是日常生活中常遇到的情境，範圍包含：食、衣、住、行、育、樂，內容豐富而廣泛，單字量更是高達2000個，滿足讀者學習單字時對實用性的要求，更滿足了讀者想要累積單字的豐富 。如：「人體與健康篇」介紹和身體、體型、外貌、健康相關的用語；在「人際互動篇」中，介紹了你和別人人際互動的相關用語，例如：稱謂、個的形容、情緒的表達等；而在「日常生活篇」中介紹的是生活起居、住家環境、家電用品等實用單字。

編排依情境分類，好學又好查

　　擁有本書就像有一本精華版的字典，達到方便查詢的功能。初學義大利語的自學者，較常遇到的情況是想說義大利文，卻不知義大利文怎麼說，因此，針對讀者這樣的學習困擾，本書特別採用「情境分類法」，有系統的整理出義大利語日常生活中必學的單字。

　　這種編排方式，將有助於讀者輕鬆查詢和學習。例如：想知道義大利最有名的甜點「提拉米蘇」的義文怎麼說，只要翻閱「飲食篇」中的「美味料理」單元，就

可以查到提拉米蘇的單字。或者在義大利旅遊或遊學，突然身體不舒服，卻忘記怎麼用義大利語表達時，可以翻閱「人體與健康篇」的「身體」單元，趕快找出你疼痛的部位告訴別人，讓別人幫助你，知道你的狀況。

中、義、英三語對照，讓你的表達更多元

　　隨著全民英檢時代的來臨，「英語」成為必備的外語技能，也是國人普遍已經學會的外語。由於英語是目前世界共通的語言，因此本書的內容，除了有義大利語外，同時標註了英語。主要的目的，在於希望「英語」能成為讀者學習義大利語時的輔助工具，方便讀者順利入門學好義大利語。

　　優質的MP3，讓你開口說道地的義大利語

　　想要開口說發音純正道地的義大利語，除了靠書本之外，MP3是不可少的必備工具，因此，搭配MP3邊聽邊學，將有助於學習。

　　在本書中，為了讓「英語」達到輔助的功能，而又不會干擾讀者學習義大利語，因此MP3中，只有示範中文和義大利文，以免讀者在學發音時，受到英語的影響。

contents

前言 滿足學單字時「量」與「質」的兩大需求 ……2

本書使用說明 ………………………………………7

Chapter 1 人體與健康篇

01 身體 ……………………………………10

02 生理、感官 …………………………13

03 外貌、體格 …………………………16

04 病症 ……………………………………19

05 治療、藥物 …………………………22

06 醫院 ……………………………………25

Chapter 2 人際互動篇

01 家族 ……………………………………30

02 人際關係 ………………………………34

03 人生的各個階段 ……………………37

04 個性 ……………………………………40

05 情緒、感情 …………………………43

Chapter 3 日常生活篇

01 起居 ……………………………………48

02 住家環境 ………………………………53

03 家具、家電用品 ……………………58

04 保養品、化妝品、清潔用品 ………61

05 各種服飾 ………………………………65

06 鞋子、衣服配件 ……………………70

Chapter 4　飲食篇

01 各式食材、調味料 76

02 美味料理 83

03 點心 86

04 飲料 88

05 烹調方法、器具 90

Chapter 5　交通運輸篇

01 交通工具 94

02 建築物 103

03 通信 106

04 行動 109

Chapter 6　校園篇

01 教育、科系 114

02 學校 118

03 書籍、文具 122

04 電腦、網路 127

Chapter 7　社會篇

01 產業、職業 132

02 職場 137

03 經濟、銀行 140

04 警察、犯罪 142

05 報章雜誌、新聞 146

06 國家 149

Chapter 8 休閒娛樂篇

01 興趣、嗜好 154

02 運動 163

03 旅遊 167

04 購物 173

Chapter 9 自然篇

01 動物 176

02 植物 180

03 地理 182

04 天氣、宇宙 184

Chapter 10 其它篇

01 時間 190

02 顏色 195

03 數字 197

04 形狀、位置、方向 201

05 單位、人稱 204

Chapter 11 基本用語篇

基本用語 207

本書使用說明

單字詞性縮寫表

縮寫	全名	中文
s.	soggetto	名詞
a.	aggettivo	形容詞
v.	verbo	動詞
pron.	pronome	人稱代名詞

內文使用簡介

7

申請申根簽證

　　歐洲的部分國家簽署了申根公約，前往這些國家必須辦理申根簽證。有了「申根簽證」可以不用另外辦簽證，就可以進入申根公約的其他國家，可以說是一個非常方便的措施。當你計畫要前往歐洲旅行時，必須向最先落地的國家，也就是第一個入境國，或者最主要的目的地國家申請申根簽證。

　　目前有簽署申根公約的國家有：義大利、奧地利、比利時、丹麥、芬蘭、法國、葡萄牙、西班牙、德國、荷蘭、瑞典、希臘、冰島、盧森堡、挪威等。

　　根據旅客不同的需求，申根簽證的種類可分為：單次或多次申根簽證最長30天、單次31到90天的申根簽證，以及31天到90天的多次申根簽證等，當然如果你只要去義大利，並不打算去其他國家，也可以辦理九十天以上的純義簽證。

Chapter

1

人體與健康篇

中文	義大利文	詞性	英文
頭	la testa	s.	head
臉	la faccia	s.	face
額頭	la fronte	s.	forehead
眼睛	l'occhio	s.	eye
眉毛	il sopracciglio	s.	eyebrow
睫毛	le ciglia	s.	eyelashes
鼻子	il naso	s.	nose
鼻孔	la narice	s.	nostril
嘴	la bocca	s.	mouth
嘴唇	il labbro	s.	lip
牙齒	il dente	s.	tooth
舌頭	la lingua	s.	tongue
耳朵	l'orecchio	s.	ear
脖子	il collo	s.	neck

中文	義大利文	詞性	英文
喉嚨	la gola	s.	throat
肩膀	la spalla	s.	shoulder
手臂	il braccio	s.	arm
手腕	il polso	s.	wrist
手掌	il palmo	s.	palm
手指	il dito	s.	finger
指甲	l'unghia	s.	nail
胸	il petto	s.	chest
腰	la cintura	s.	waist
背	la schiena	s.	back
腹	lo stomaco	s.	stomach
肚子	la pancia	s.	belly
臀部	il sedere	s.	bottom
腿	la gamba	s.	leg
膝蓋	il ginocchio	s.	knee

中文	義大利文	詞性	英文
腳踝	la caviglia	s.	ankle
腳	il piede	s.	foot
腳趾	dito del piede	s.	toe
皮膚	la pelle	s.	skin
肺	il polmone	s.	lung
心臟	il cuore	s.	heart
胃	lo stomaco	s.	stomach
腸	l'intestino	s.	intestine
腎臟	il rene	s.	kidney
肝臟	il fegato	s.	liver
血管	il vaso sanguigno	s.	vessel
血液	il sangue	s.	blood
肌肉	il muscolo	s.	muscle
骨頭	l'osso	s.	bone
關節	la giuntura	s.	joint

中文	義大利文	詞性	英文
生命	la vita	s.	life
身體	il corpo	s.	body
呼吸	il respiro	s.	breath
血壓	la pressione del sangue	s.	blood pressure
心跳	il battito cardiaco	s.	heartbeat
體溫	la temperatura	s.	temperature
消化	la digestione	s.	digestion
小便	urina	s.	urine
大便	defecare	v.	defecate
放屁	scoreggiare	v.	fart
流汗	sudare	v.	sweat
流鼻涕	mocciare	v.	run at the nose
流淚	piangere	v.	shed tears

中文	義大利文	詞性	英文
飢餓	fame	s.	hunger
飽食	sazietà	s.	satiation
打嗝	ruttare	v.	belch
視覺	la vista	s.	sense of vision
聽覺	l'udito	s.	sense of hearing
嗅覺	l'olfatto	s.	sense of smell
味覺	il gusto	s.	sense of taste
痛的	doloroso	a.	painful
癢的	pruri ginoso	a.	itchy
臭的	puzzolente	a.	stinky
香的	profumato	a.	fragrant
酸的	aspro	a.	sour
甜的	dolce	a.	sweet
苦的	amaro	a.	bitter
辣的	piccante	a.	spicy

中文	義大利文	詞性	英文
鹹的	salato	a.	salty
沒味道的	insipido	a.	tasteless
濃稠的	corposo	a.	thick
好吃的	buono	a.	delicious
不好吃的	cattivo	a.	not delicious
冰的	ghiacciato	a.	icy
冷的	freddo	a.	cold
燙的	caldo	a.	hot
溫的	tiepido	a.	warm

中文	義大利文	詞性	英文
身高	l'altezza	s.	height
體重	il peso	s.	weight
體型	la figura	s.	figure
高的	alto	a.	tall
魁梧的	robusto	a.	burly
嬌小的	piccolo	a.	small
矮胖的	piccolo e grasso	a.	short and fat
胖的	grasso	a.	fat
壯碩的	forte	a.	strong
豐滿的	paffuto	a.	plump
瘦的	magro	a.	thin

中文	義大利文	詞性	英文
苗條的	snello	a.	slim
長頭髮	i capelli lunghi	s.	long hair
短頭髮	i capelli corti	s.	short hair
直髮	i capelli lisci	s.	straight hair
捲髮	i capelli ricci	s.	curly hair
金髮	biondo	s.	blonde
褐髮	castano	s.	brown hair
黑髮	i capelli neri	s.	dark hair
英俊的	bello	a.	handsome
斯文的	gentile	a.	gentle
粗獷的	muscoloso	a.	muscular
笨拙的	goffo	a.	clumsy

中文	義大利文	詞性	英文
醜的	brutto	a.	ugly
狡猾的	furbo	a.	cunning
老的	vecchio	a.	old
年輕的	giovane	a.	young
成熟的	maturo	a.	mature
穩重的	sofisticato	a.	sophisticated
漂亮的	bella	a.	pretty
豔麗的	stupendo	a.	gorgeous
可愛的	carina	a.	cute
性感的	sensuale	a.	sexy

小專欄

　　到義大利朋友家作客，可以帶點具有中國特色的紀念品，或義大利人喜歡的小禮物。例如，一瓶酒或一束鮮花。義大利人習慣當著送禮的人面前，當場打開禮物。收到義大利送的禮物，除了表示感謝，還要告訴對方，自己非常喜歡喔！

04 病症

5

中文	義大利文	詞性	英文
生病	ammalarsi	v.	sicken
症狀	patologia	s.	pathology
不舒服的	scomodo	a.	uncomfortable
看病	farsi visitare dal dottore	v.	to see a doctor
傳染	infettivo	a.	infectious
被傳染	infetto	a.	infected
失眠	insonnia	s.	insomnia
精神病	psicosi	s.	psychosis
疲勞	stanco	a.	tired
感冒	raffreddore	s.	cold
發燒	la febbre	s.	fever
頭痛	mal di testa	s.	headache
頭暈	capogiro	s.	dizziness

中文	義大利文	詞性	英文
咳嗽	tossire	v.	cough
鼻塞	avere il naso chiuso	v.	snuffle
拔牙	togliere un dente	v.	extract a tooth
蛀牙	un dente cariato	a.	a decayed tooth
牙齒痛	mal di denti	s.	toothache
嘔吐	vomitare	v.	vomit
便秘	stitichezza	s.	constipation
腹瀉	la diarrea	s.	diarrhea
生理痛	disagio mestruale	s.	menstral discomfort
食物中毒	l'intossicazione alimentare	s.	food-poisoning
過敏	l'allergia	s.	allergy
心臟病	la cardiopatia	s.	cardiopathy
高血壓	l' ipertensione	s.	hypertension
糖尿病	il diabete	s.	diabetes
皮膚病	la dermatosi	s.	dermatoid

中文	義大利文	詞性	英文
流血	sanguinare	v.	bleed
氣喘	l'asma	s.	asthma
扭傷	la distorsione	s.	sprain
骨折	la rottura dell'osso	s.	bone fracture
跌倒	caduta	s.	fall
車禍	incidenlé d'avto	s.	car accident
腫瘤	il tumore	s.	tumour
癌症	il cancro	s.	cancer
割傷	tagliarsi	s.	cut
燙傷	ustione	v.	burn
近視	la miopia	s.	myopia
遠視	la presbiopia	s.	presbyobia
急性的	acuto	a.	acute
慢性的	cronico	a.	chronic

中文	義大利文	詞性	英文
檢查	visita generale	s.	medical checkup
治療	curare	v.	cure
照x光	sottoporre a raggi-x	v.	x-ray
驗血	l'esame del sangue	s.	blood test
血型	il gruppo sanguigno	s.	blood type
包紮	legare	v.	bind up
開刀	l'operazione	s.	operation
打針	iniettare	v.	give an injection
住院	ricoverare	v.	hospitalize
出院	lasciare l'ospedale	v.	leave the hospital
復健	riabilitazione	s.	rehabilitation
處方籤	la ricetta	s.	prescription

中文	義大利文	詞性	英文
藥	la medicina	s.	medicine
藥膏	i'unguento	s.	ointment, paste
膠囊	la capsula; la pillola	s.	capsule
安眠藥	la pillola per dormire	s.	sleeping pill
鎮定劑	il sedativo; il calmante	s.	sedative
感冒藥	il antistaminico	s.	cold resisting medicine
止痛藥	l'anodino; l'analgesico	s.	anodyne
消炎藥	l'infiammazione	s.	anti-phlogistic
胃藥	la digestione	s.	peptic
便秘藥	il lassativo	s.	laxative
阿斯匹林	l'aspirina	s.	aspirin
暈機藥	la medicina per il mal d'aereo	s.	antidinics
消毒藥水	disinfettante	s.	disinfectant

中文	義大利文	詞性	英文
紗布	la garza	s.	gauze
棉花球	il cotone	s.	cotton ball
ok繃	la fasciatura	s.	bandage
眼藥水	il collirio	s.	eyedrop
睡前	prima di dormire	s.	before sleep
飯前	prima di mangiare	s.	before meal
飯後	dopo mangiato	s.	after meal
空腹	vuoto allo stomaco	s.	empty stomach
藥物過敏	l'allergia alla medicina	s.	drug allergy
副作用	l'effetto collaterale	s.	side effect
營養食品	il supplemento	s.	supplement
維他命	la vitamina	s.	vitamin

06 醫院

7

中文	義大利文	詞性	英文
醫院	l'ospedale	s.	hospital
診所	la clinica	s.	clinic
藥局	la farmacia	s.	drugstore
手術室	la sala operatoria	s.	operating room
檢查室	la sala di controllo	s.	health check room
加護病房	il reparto di terapia intensiva	s.	intensive care unit (icu)
普通病房	servizio di medicina	s.	general ward
門診	servizio clinico	s.	clinic service
急診室	la sala d'emergenza	s.	emergency ward

中文	義大利文	詞性	英文
救護車	l'ambulanza	s.	ambulance
院長	il presidente; direttore	s.	president
醫生	il dottore	s.	doctor
主治醫生	il medico generico	s.	physician-in-charge
實習醫生	l'interno	s.	intern
護士長	il capo infermiera	s.	matron
護士	l'infermiera	s.	nurse
病人	la paziente	s.	patient
藥劑師	la farmacista	s.	pharmacist
預約	riservare	v.	make an appointment

中文	義大利文	詞性	英文
醫藥費	le spese mediche	s.	medicine expense
自費	le spese a proprio carico	s.	payment at one's own expense
保險費	l'assicurazione	s.	premium
醫療保險	assicurazione sanitaria	s.	medical insurance
內科	reparto sanitario	s.	medical department
腸胃科	reparto di medicina interna	s.	department of intestines and stomach
胸腔科	reparto di pneumologia	s.	department of thoracic cavity
骨科	il reparto di ortopedia	s.	department of orthopedics
外科	il reparto di chirurgia	s.	surgical department
眼科	il reparto di oftalmologia	s.	department of ophthalmology

中文	義大利文	詞性	英文
牙科	il reparto di odontoiatria	s.	department of dentistry
耳鼻喉科	il reparto di otorinolaringoiatria	s.	department of otolaryngology
婦產科	il reparto di ginecologia e ostetricia	s.	department of gynecology and obstetrics
皮膚科	il reparto di dermatologia	s.	department of dermatology
小兒科	il reparto di pediatria	s.	department of pediatrics
神經科	il reparto di neurologia	s.	department of nervous system
心理科	il reparto di psicologia	s.	department of psychology

小專欄

　　義大利也是習慣收取小費的國家，舉凡到飯店、餐廳消費時，別忘了以小費犒賞服務生的辛勞喔！不過部分餐廳會將服務費內含，就不需要在另外支付了。

Chapter

2

人際互動篇

中文	義大利文	詞性	英文
爺爺	nonno	s.	grandfather
外公	nonno	s.	grandfather
奶奶	nonna	s.	grandmother
外婆	nonna	s.	grandmother
爸爸	papa	s.	dad
父親	padre	s.	father
媽媽	mamma	s.	mom
母親	madre	s.	mother
教父	padrino	s.	godfather
教母	madrina	s.	godmother
伯父；叔父；舅舅；姑丈；姨父	zio	s.	uncle

中文	義大利文	詞性	英文
伯母；嬸嬸；舅媽；姑媽；姨媽	zia	s.	aunt
哥哥	fratello maggiore	s.	elder brother
大嫂	cognata	s.	sister-in-law
長子	primogenito	s.	the eldest son
二哥	secondogenito	s.	second elder brother
堂哥	cugino	s.	cousin
姊姊	sorella maggiore	s.	elder sister
姊夫	cognato	s.	brother-in-law
長女	primogenita	s.	the eldest daughter
二姊	secondogenita	s.	second elder sister
堂姊	cugina	s.	cousin
弟弟	fratello minore	s.	younger brother

中文	義大利文	詞性	英文
妹妹	sorella minore	s.	younger sister
公公	il suocero	s.	father-in-law
婆婆	la suocera	s.	mother-in-law
女婿	il genero	s.	son-in-law
媳婦	la nuora	s.	daughter-in-law
丈夫	il marito	s.	husband
妻子	la moglie	s.	wife
夫妻	la coppia	s.	couple
配偶	lo sposo	s.	spouse
孫子	il nipote	s.	grandson
孫女	il nipote	s.	granddaughter
兒子	il figlio	s.	son

中文	義大利文	詞性	英文
女兒	la figlia	s.	daughter
姪子；外甥	il nipote	s.	nephew
寡婦	la vedova	s.	widow
鰥夫	il vedovo	s.	widower
私生子	il figlio illegittimo	s.	illegitimate child
養子	il figlio adottivo	s.	adopted son
家族	la famiglia	s.	clan
家人	il membro della famiglia	s.	family member
親戚	il parente	s.	relative

中文	義大利文	詞性	英文
學生	lo studente	s.	student
同學	la compagna di classe	s.	classmate
朋友	l'amico	s.	friend
親密朋友	Ilmigliore amico	s.	close friend
男朋友	il ragazzo; il fidanzato	s.	boy friend
女朋友	la ragazza	s.	girl friend
未婚夫	il fidanzato	s.	fiancé
未婚妻	la fidanzata	s.	fiancéé
主人	il padrone	s.	master
老闆	il capo	s.	boss
主管	il direttore	s.	head of the department

中文	義大利文	詞性	英文
員工	l'impiegato	s.	employee
部屬	i subordinati	s.	subordinates
同事	il collega	s.	colleague
伙伴	il partner	s.	partner
牧師	il pastore	s.	parson
神父	il confessore	s.	confessor
教友	fratelli e sorelle	s.	brothers and sisters
鄰居	il vicino	s.	neighbor
大樓管理員	il custode	s.	janitor
警衛	la guardia	s.	guard
認識的人	la persona conosciuta	s.	acquaintance
陌生人	la persona sconosciuta	s.	stranger

中文	義大利文	詞性	英文
路人	Il pedone	s.	pedestrian
房東	il padrone di casa	s.	landlord
房客	l'inquilino; il pigionante	s.	lodger
管家	la domestica	s.	housekeeper
室友	la compagna di stanza	s.	roommate
筆友	l'amico di penna	s.	pen pal
網友	l'amico di chat	s.	net pal
玩伴	la compagna di giochi	s.	playmate
敵人	il nemico	s.	enemy
競爭對手	il rivale	s.	competitor

中文	義大利文	詞性	英文
出生	nascere	V.	born
受洗	battezzare	V.	baptize
成長	crescere	V.	grow up
就業	lavorare	V.	be employed
失業	disoccupazione	S.	unemployment
戀愛	innamorare	V.	falling in love
訂婚	fidanzare	V.	engaged
結婚	sposare	V.	marry
婚姻	il matrimonio	S.	marriage
離婚	divorziare	V.	divorce
懷孕	la gestazione	S.	gestation

Chapter
2

中文	義大利文	詞性	英文
生產	il parto	s.	childbirth
衰老的	cadente; decrepito; anziano; senile	a.	senile
退休	pensionamento	s.	retirement
死	morire	v.	die
死亡	la morto	s.	death
嬰兒	il bebè; il neonato	s.	baby
小孩	il bambino	s.	child
男孩	il ragazzo	s.	boy
女孩	la ragazza	s.	girl
青少年	l'adolescente	s.	teenager
少男	il ragazzino	s.	young boy
少女	la ragazzina	s.	young girl

中文	義大利文	詞性	英文
成年人	l'adulto	s.	adult
男人	l'uomo	s.	man
女人	la donna	s.	woman
男性	maschile	s.	male
女性	femminile	s.	female
中年人	di mezza età	s.	middle-aged man/ woman
婦人	la signora	s.	woman
老年人	il vecchio	s.	the aged
老先生	l'anziano	s.	old gentleman
老婆婆	l'anziana	s.	old lady

中文	義大利文	詞性	英文
活潑的	vivace	a.	lively
善良的	gentile	a.	kind
親切的	amichevole	a.	friendly
樂觀的	ottimistico	a.	optimistic
自信的	confidente	a.	confident
積極的	positivo	a.	positive
心胸寬大的	generoso	a.	generous
公正的	giusto	a.	fair
正直的	diritto; corretto	a.	upright
謙虛的	modesto; umile	a.	humble
熱情的	entusiastico	a.	enthusiastic
外向的	espansivo	a.	outgoing
勇敢的	coraggio	a.	brave
斯文的	gentile; cortese	a.	gentle

中文	義大利文	詞性	英文
謹慎的	prudente	a.	prudent
嚴肅的	serio	a.	serious
仁慈的	pietoso	a.	merciful
果斷的	deciso	a.	resolute
堅毅的	persistente	a.	persistent
誠實的	onesto	a.	honest
慷慨的	generoso	a.	generous
端莊的	grazioso	a.	graceful
可信賴的	affidabile	a.	reliable
有禮貌的	educato; cortese	a.	polite
乖巧的	intelligente	a.	clever
遲鈍的	spuntato; smussato	a.	blunt
害羞的	timido	a.	shy
膽怯的	timido; vergognoso	a.	timid
惡毒的	cattivo	a.	vicious

中文	義大利文	詞性	英文
驕傲的	arrogante	a.	arrogant
貪心的	avido	a.	greedy
野蠻的	barbaro	a.	barbarous
卑鄙的	spregevole	a.	contemptible
下流的	indecente	a.	obscene
懦弱的	pusillanime	a.	pusillanimous
乏味的	noioso	a.	boring
固執的	caparbio	a.	obstinate
狡猾的	furbo	a.	cunning
不誠實的	disonesto	a.	dishonest
殘暴的	brutale	a.	brutal
吝嗇的	avaro	a.	stingy
多疑的	sospettoso; diffidente	a.	suspicious
自私的	egoista	a.	selfish
勢利的	snob	a.	snobbish

中文	義大利文	詞性	英文
焦慮的	ansioso	a.	anxious
激動	essere agitato	v.	agitate
害怕	avere paura spaventare	v.	scare
猶豫	esitare	v.	hesitate
失望	disappunto	s.	disappointment
絕望	disperazione	s.	despair
後悔	pentirsi	v.	regret
不安的	irrequieto	a.	restless
懊惱	essere contrariato	v.	feel annoyed
不喜歡	dispiacere	v.	dislike
厭惡	detestare	v.	detest

中文	義大利文	詞性	英文
仇恨	essere in cattivi rapporti	v.	detest
驚訝	sorprendere	v.	surprise
瘋狂的	pazzo; fuori di testa;	a.	crazy
嫉妒的	geloso	a.	jealous
羞愧的	vergognoso	a.	shameful
擔心	preoccupare	v.	worry
寂寞的	solitario	a.	lonely
傷心的	triste	a.	grieved
痛苦的	doloroso	a.	painful
沮喪的	depresso	a.	depressed
冷漠的	indifferente	a.	indifferent
同情	condividere i sentimenti altrui	v.	sympathize

中文	義大利文	詞性	英文
幸福	felicità	s.	happiness
滿足的	soddisfatto	a.	satisfied
愛	amare	v.	love
沈迷	assecondare	v.	indulge in
喜歡	piacere a…	v.	like
捨不得	essere riluttante	v.	be reluctant to part with
興奮的	eccitato	a.	excited
快樂的	felice	a.	happy
大笑	ridere	v.	laugh
微笑	sorridere	v.	smile
羨慕	ammirare	v.	admire
想念	mancare	v.	miss

中文	義大利文	詞性	英文
期待	aspettare	v.	expect
希望	sperare	v.	hope
感動	essere toccato	v.be	touched

TRAVEL TIPS

在義大利寄信

　　難得飛到那麼遙遠的歐洲，體驗不同的西方文化，欣賞迥然不同的建築，如果你喜歡從國外寄一張明信片，給故鄉的親朋好友或是自己，那麼你就不能不知道義大利郵政方面的資訊。

　　義大利的郵局營業時間，是每個星期一到星期五的8：30AM～2：00PM，星期六則是8：30AM～12：00AM。如果你沒機會去郵局寄信，在當地販賣香菸的小店鋪裡，也可以買得到郵票喔！或者你可以直接詢問飯店的櫃臺，有沒有提供代為寄信的服務。

Chapter
3

日常生活篇

ⓐ 一天的行程

中文	義大利文	詞性	英文
起床	svegliarsi	v.	wake up
禱告	pregare	v.	pray
伸懶腰	tirare	v.	stretch
打哈欠	sbadigliare	v.	yawn
刷牙	spazzolare i denti	v.	brush teeth
漱口	far gargarismi	v.	gargle
洗臉	lavare; lavarsi la faccia	v.	wash face
刮鬍子	radere	v.	shave
梳頭	pettinare	v.	comb
化妝	truccarsi	v.	make up
吃早餐	fare colazione	v.	have breakfast

中文	義大利文	詞性	英文
早餐	la colazione	s.	breakfast
吃午餐	pranzare	v.	have lunch
午餐	pranzo	s.	lunch
吃晚餐	cenare	v.	have dinner
晚餐	la cena	s.	dinner
下午茶	l'ora del tè	s.	tea time
穿衣服	vestirsi	v.	put on clothes
脫衣服	spogliarsi	v.	put off clothes
換衣服	cambiare i vestiti	v.	change clothes
上班	andare a lavorare	v.	go to work
上學	andare a scuola	v.	go to school
坐公車	prendere un autobus	v.	take a bus
開車	guidare	v.	drive
走路	camminare	v.	walk

中文	義大利文	詞性	英文
回家	andare a casa	v.	go home
洗澡	fare il bagno	v.	take a bath
泡澡	il bagno	s.	bath
看報紙	leggere il giornale	v.	read newspaper
睡覺	dormire	v.	sleep

ⓑ 做家事

中文	義大利文	詞性	英文
圍裙	il grembiule	s.	apron
口罩	la maschera	s.	mask
頭巾	il fazzoletto da llbandana	s.	kerchief
灰塵	la polvere	s.	dirt
垃圾	l'immondizia	s.	garbage
垃圾桶	la pattumiera	s.	trash can
丟；倒（垃圾）	gettare; buttare	v.	discard; throw

中文	義大利文	詞性	英文
整理	mettere in ordine	v.	tidy up
整齊的	ordinato	a.	neat
雜亂的	disordinato	a.	disordered
除草	strappare le erbacce	v.	weed
擦拭	strofinare	v.	wipe
掃地	spazzare il pavimento	v.	sweep the floor
掃把	la scopa	s.	broom
畚箕	la paletta per la spazzatura	s.	dust-pan
吸塵器	l'aspirapolvere	s.	vacuum cleaner
拖地	lavareil pavimento	v.	mop the floor
拖把	mocio	s.	mop
水桶	il secchio	s.	pail
抹布	lo straccio	s.	duster

中文	義大利文	詞性	英文
雞毛撣子	il piumino	s.	feather duster
地板	il pavimento	s.	floor
刷洗	spazzolare	v.	brush
污垢	lo sporco	s.	filth
刷子	la spazzola	s.	brush
乾淨的	pulito	a.	clean
髒的	sporco	a.	dirty
洗衣服	fare il bucato; lavare i vestiti	v.	wash clothes
燙衣服	stirare i vestiti	v.	iron clothes
濕的	bagnato	a.	wet
乾的	asciutto;secco	a.	dry
烹飪	la cucina	s.	cooking
買菜	andare al supermercato	v.	go to the market
洗碗	lavare i piatti	v.	wash the dishes

中文	義大利文	詞性	英文
公寓	l'appartamento	s.	apartment
大廈	l'edificio	s.	building
別墅	la villa	s.	villa
花園	il giardino	s.	garden
游泳池	la piscina	s.	swimming pool
庭院	il cortile	s.	yard
草地	il pascolo	s.	grassland
車庫	il garage	s.	garage
地下室	piano interrato	s.	basement
門牌	la targhetta sulla porta	s.	door plate
信箱	la cassetta della posta	s.	mailbox

Chapter
3

中文	義大利文	詞性	英文
門鈴	il campanello	s.	doorbell
門	la porta	s.	door
玄關	l'ingresso	s.	entry
走廊	il corridoio	s.	corridor
陽台	il balcone	s.	balcony
窗戶	la finestra	s.	window
窗簾	la tenda	s.	curtain
煙囪	il camino	s.	chimney
壁爐	il camino; la stufa	s.	fireplace
樓梯	le scale	s.	stairs
閣樓	l'attico	s.	attic
臥室	la camera; stanza da letto	s.	bedroom
床	il letto	s.	bed

中文	義大利文	詞性	英文
床單	il lenzuolo	s.	bed sheet
棉被	la coperta	s.	quilt
枕頭	il cuscino	s.	pillow
毛毯	la copriletto	s.	blanket
化妝檯	la vanità	s.	vanity
時鐘	l'orologio	s.	clock
鬧鐘	sveglia	s.	alarm clock
衣櫃	la guardaroba	s.	wardrobe
書房	lo studio	s.	study
書桌	la scrivania; il tavolo da lavoro	s.	desk
抽屜	il cassetto	s.	drawer
書櫃	lo scaffale	s.	bookshelf
檯燈	la lampada	s.	lamp

中文	義大利文	詞性	英文
電燈	la luce	s.	light
椅子	la sedia	s.	chair
餐廳	la sala da prano	s.	dining room
餐桌	il tavolo da cucina	s.	dining table
廚房	la cucina	s.	kitchen
流理臺	il lavandino	s.	sink (for dish washing); worktop
水龍頭	il rubinetto	s.	tap
瓦斯爐	il fornello da cucina	s.	gas stove
碗櫃	la credenza	s.	cupboard
客廳	il soggiorno	s.	living room
地毯	il tappeto	s.	carpet
地板	il piano	s.	floor
天花板	il soffitto	s.	ceiling

中文	義大利文	詞性	英文
牆壁	il muro	s.	wall
壁紙	la carta da parati	s.	wallpaper
沙發	il sofà	s.	sofa
酒櫃	il mobiletto del vino	s.	wine cabinet
花瓶	il vaso	s.	vase
煙灰缸	il portacenere	s.	ashtray
浴室	bagno	s.	bathroom
浴缸	la vasca	s.	bathtub
洗臉台	il lavandino	s.	wash stand
馬桶	water; fognatura	s.	water closet
蓮蓬頭	la lancia; erogatore doccia	s.	shower nozzle

中文	義大利文	詞性	英文
電視機	la televisione	s.	television
使用方法	l'applicazione	s.	application
插頭	la spina	s.	plug
插座	l' alloggiamento; la cava; la presa	s.	socket
電壓	la tensione elettrica; voltaggio	s.	voltage
伏特	volt	s.	volt
錄放影機	il video registratore a cassette	s.	video tape recorder
錄影帶	la videocassetta	s.	videotape
音響	hi fi	s.	hi fi

中文	義大利文	詞性	英文
麥克風	il microfono	s.	microphone
喇叭	l'altoparlante	s.	loudspeaker
收音機	la radio	s.	radio
耳機	la cuffia d'ascolto	s.	earphone
電池	la batteria	s.	battery
電冰箱	il frigorifero	s.	refrigerator
電風扇	il ventilatore elettrico	s.	fan
冷氣機	l'aria condizionata	s.	air-conditioner
暖氣機	il riscaldamento; il riscaldatore	s.	heater
電話機	il telefono	s.	telephone

Chapter

3

中文	義大利文	詞性	英文
答錄機	la segreteria telefonica	s.	telephonograph
話筒	il megafono	s.	megaphone
洗衣機	la lavatrice	s.	washing machine
烘乾機	l'asciugatrice	s.	drying machine
微波爐	il microonde	s.	microwave oven
烤箱	il forno	s.	oven
果汁機	il frullatore	s.	juicer
咖啡壺	la macchina del caffe'	s.	coffee machine
吹風機	l'asciugacapelli	s.	hair dryer
照相機	la macchina fotografica	s.	camera

Chapter
3

中文	義大利文	詞性	英文
保養品	il prodotto di bellezza		beauty produce
化妝水	la lozione	s.	toner
乳液	la lozione per corpo	s.	lotion
身體乳液	la crema antiscottature	s.	body lotion
防曬油	l'olio	s.	suntan lotion
眼霜	la crema per occhi	s.	eye cream
日霜	la crema da giorno	s.	day cream
晚霜	la crema da notte	s.	night cream
隔離霜	la crema ricovera	s.	shelter cream
油性皮膚	la pelle unta	s.	oily skin
乾性皮膚	la pella secca	s.	dry skin
混和性皮膚	la pelle mista	s.	mixed skin

中文	義大利文	詞性	英文
過敏性皮膚	la pelle allergica	s.	allergic skin
面膜	la maschera	s.	mask
敷臉	la maschera	s.	mask smearing
美白	l'inbiancamento	s.	whitening
緊膚	attillato; aderente alla pelle	s.	skin tightening
保濕的	idratante	a.	moisturizing
化妝品	i prodotti di bellezza	s.	toiletry
粉餅	la polvere; cipria	s.	powder make-up
蜜粉	il polvere fondazione	s.	powder foundation
粉底液	il fondatinta	s.	powder foundation milk
蓋斑膏	la crema struccante	s.	vanishing cream
眉筆	la mattita per le sopraciglia	s.	eyebrow pencil
眼影	l'ombretto	s.	eye-shadow

中文	義大利文	詞性	英文
腮紅	il rossetto	s.	rouge cake
口紅	il rossetto per labbra	s.	lipstick
指甲油	lo smalto per le unghie	s.	nail polish
古龍水	l'acqua di colonia	s.	cologne
香水	il profumo	s.	perfume
卸妝油	l'olio struccante	s.	makeup removing oil
洗面乳	crema pulente per il viso	s.	facial cleansing cream
肥皂	il sapone	s.	soap
牙刷	lo spazzolino da denti	s.	toothbrush
牙膏	il dentifricio; in pasta	s.	toothpaste
牙線	il filo interdentale	s.	dental floss
漱口水	il colluttorio	s.	gargle
刮鬍膏	la crema da barba	s.	shaving cream

中文	義大利文	詞性	英文
刮鬍刀	il rasoio	s.	shaver
沐浴乳	la crema da bagno	s.	bath cream
洗髮精	shampoo; lavaggio dei capelli	s.	shampoo
潤髮乳	il balsamo	s.	conditioner
毛巾	l'asciugamano	s.	towel
浴巾	il lenzuolo da bagno	s.	bath towel
洗衣粉	il sapone	s.	washing powder
清潔劑	il detergente	s.	detergent
衛生紙	la carta igienica	s.	toilet paper
紙尿布	il pannolino	s.	diaper (american) napkin (britain)
衛生棉	il pannolino	s.	sanitary napkin

中文	義大利文	詞性	英文
衣服	il vestito	s.	clothes
睡衣	il pigiama	s.	pajamas
休閒服	abbigliamento casual	s.	casual wear
工作服	abbigliamento da lavoro	s.	work clothes
運動服	abbigliamento sportivo	s.	sportswear
雨衣	l'impermeabile	s.	raincoat
泳裝	il costume da bagno	s.	swimming suit
西裝	l' abito	s.	suit
燕尾服	il tuxedos	s.	tuxedo
禮服	l' abito da cerimonia	s.	ceremonial dress
套裝	il completo	s.	suit

Chapter
3

中文	義大利文	詞性	英文
正式服裝	l' abito	s.	formal clothes
童裝	il vestito da bambino	s.	children's wear
襯衫	la camicia	s.	shirt
T恤	la maglietta	s.	t-shirt
毛衣	il maglione di lana	s.	sweater
背心	la maglia	s.	vest
外套	la giacca	s.	jacket
風衣	la giacca a vento	s.	windbreaker
短袖	la manica corta	s.	short sleeve
長袖	la manica lunga	s.	long sleeve
鈕釦	il bottone	s.	button
口袋	la tasca	s.	pocket

中文	義大利文	詞性	英文
拉鍊	la chiusura lampo	s.	zipper
款式	il modello	s.	design
褲子	i pantaloni	s.	pants
西裝褲	i pantaloni	s.	trousers
牛仔褲	jeans	s.	jeans
短褲	short pantaloncini corti	s.	shorts
長褲	i pantaloni lunghi	s.	slacks
裙子	la gonna	s.	skirt
洋裝	il completo	s.	ensemble
長裙	la gonna lunga	s.	dress
短裙	la gonna	s.	skirt
迷你裙	la minigonna	s.	miniskirt

Chapter
3

中文	義大利文	詞性	英文
內衣	la biancheria intima	s.	underwear
內褲	le mutande; lo slip	s.	underpants
胸罩	il reggiseno	s.	bra
襯衣	la biancheria intima	s.	underclothes
領帶	la cravatta	s.	tie
襪子	i calzini	s.	socks
長襪	i calzini lunghi	s.	stockings
短襪	i calzini corti	s.	knee socks
絲襪	i collant; le calze di seta	s.	silk stockings
尺寸	la taglia	s.	size
試穿	la prova; misurarsi i vestiti	s.	fitting
緊繃的	stretto	a.	tight

中文	義大利文	詞性	英文
寬鬆的	sciolto	a.	loose
合身的	giusto	a.	fitted
不合身的	da aggiustare; da modificare	a.	not fitted

▶ 威尼斯的聖馬可教堂，受到東方文化的
影響，連建築風格都帶有一點東方味
道，頂上的四匹駿馬雕像表現出極致工
匠之美。

中文	義大利文	詞性	英文
鞋子	le scarpe	s.	shoes
皮鞋	le scarpe di pelle	s.	leather shoes
高跟鞋	le scarpe coi tacchi	s.	high-heeled shoes
慢跑鞋	le scarpe da jogging	s.	jogging shoes
涼鞋	i sandali	s.	sandals
長靴	gli stivali	s.	boots
拖鞋	le pantofole	s.	slippers
鞋帶	il laccio	s.	shoestring
鞋跟	il tacco	s.	heel
鞋油	il lucido per scarpe	s.	shoe polish
蛇皮	la pelle di serpente	s.	snake skin
鱷魚皮	la pelle di coccodrillo	s.	crocodile skin

中文	義大利文	詞性	英文
真皮	la vera pelle	s.	real leather
衣服配件	gli accessori	s.	accessories
腰帶；皮帶	la cintura	s.	girdle; belt
領帶	la cravatta	s.	tie
領結	la cravatta a farfalla; papillon il farfallino	s.	bow tie
帽子	il cappello	s.	hat
草帽	la paglietta	s.	straw hat
棒球帽	il cappello	s.	cap
鴨舌帽	il cappello con visiera; berretto	s.	peaked cap
圍巾	la sciarpa	s.	scarf
絲巾	la sciarpa di seta	s.	silk scarf
披肩	lo scialle	s.	shawl

中文	義大利文	詞性	英文
手套	i guanti	s.	gloves
手帕	il fazzoletto	s.	handkerchief
頭巾	il bandana	s.	kerchief
公事包	la valigia	s.	suitcase
錢包	il borsellino	s.	purse
皮夾	il portafoglio	s.	wallet
手提包	la borsetta	s.	handbag
旅行包	la valigia; il bagalio	s.	traveling bag
背包	lo zaino	s.	backpack
化妝箱	beauty-case; borsello	s.	makeup kit
珠寶；首飾	la gioielleria; gli ornamenti; gli accessori	s.	jewelry; ornaments
鑽石	il diamante	s.	diamond
黃金	l' oro	s.	gold

中文	義大利文	詞性	英文
銀	l'argento	s.	silver
手錶	l'orologio	s.	watch
手鐲；手鍊	il braccialetto; la manetta	s.	bracelet; wristlet
戒指	l' anello	s.	ring
項鍊	la collana	s.	necklace
耳環；耳墜	gli orecchini; gli orecchini pendenti	s.	earrings; ear pendant
胸針	lo spilla	s.	brooch
髮夾；髮簪	la forcina	s.	hairpin; hair clasp
領帶夾	il fermacravatta	s.	tie-pin
煙斗	la pipa	s.	pipe

小專欄

　　「Ciao」（你好！再見！）是比較輕鬆的打招呼方式，只能用在朋友和同事之間喔！在義大利，如果剛好有兩組人相遇，可不能四個人同時交叉握手！這在義大利是一種禁忌呢！跟對方說再見，比較有禮貌的說法是：「Arrivederla!」（再見！）

義大利美食

　　義大利料理和中華料理、法國料理，在飲食文化中，享有同樣的盛名。提起義大利的美食，我們所熟知的莫過於各種口味的義大利麵，道地的披薩，濃郁的甜點提拉米蘇等等，但是可別以為世界三大料理之一的義大利料理就只有這樣子喔！

　　因為地區的不同，氣候、自然環境的差異，各地特產的食材或發展出來的口味也有些許的差異。例如：北部的特色在於各式的海鮮料理，而中部地區因為畜牧業發達，因此著重各種肉類的烹調，並以豐富的乳酪製品聞名。至於義大利南部，因為天氣炎熱，喜歡吃重口味，因此，擅長用大蒜、蕃茄或辣椒等食材，料理出各種美味的麵食。還有一般來說，北方的義大利人比較常吃米飯，而南方的主食是各式的麵食和披薩。

▲　義大利人喜愛吃麵食，光是義大利麵就有十多種的口味，麵條的　細也是決定麵食美味的關鍵喔！

Chapter
4

飲食篇

ⓐ 食材

中文	義大利文	詞性	英文
蔬菜	la verdura	s.	vegetable
黃瓜	il cetriolo	s.	cucumber
茄子	la melanzana	s.	eggplant
甘藍菜	il cavolo	s.	cabbage
萵苣	la lattuga	s.	lettuce
芹菜	il sedano	s.	celery
菠菜	lo spinacio	s.	spinach
紅蘿蔔	la carota	s.	carrot
蘿蔔	il ravanello	s.	radish
苜宿牙	lo spicchio	s.	clove
蕃茄	il pomodoro	s.	tomato
馬鈴薯	la patata	s.	potato
黃瓜	la zucchina	s.	zucchini

中文	義大利文	詞性	英文
辣椒	il peperoncino	s.	chilli
青椒	il peperoncino verde	s.	green pepper
甜椒	il peperocino dolce	s.	sweet pepper
玉蜀黍	il chicco di grano; il mais	s.	corn
芥藍菜	i broccoletti	s.	chinese broccoli
磨菇	il fungo	s.	mushroom
豌豆	il pisello	s.	pea
洋蔥	la cipolla	s.	onion
大蒜	l' aglio	s.	garlic
蘆筍	l' asparago	s.	asparagus
綠花菜	il cavolfiore	s.	cauliflower
水果	la frutta	s.	fruit
櫻桃	la ciliegia	s.	cherry
水蜜桃	la pesca	s.	peach
蘋果	la mela	s.	apple

Chapter

4

中文	義大利文	詞性	英文
草莓	la fragola	s.	strawberry
西瓜	il cocomero	s.	watermelon
橘子	il mandarino	s.	mandarin
柳橙	l'arancia	s.	orange
柿子	i cachi; kaki	s.	persimmon
檸檬	il limone	s.	lemon
覆盆子	il lampone	s.	raspberry
葡萄	l'uva	s.	grape
梨子	la pera	s.	pear
椰子	il coconut; la noce di cocco	s.	coconut
香蕉	la banana	s.	banana
鱷梨	l' avocado	s.	avocado
海鮮	i frutti di mare	s.	seafood
魚	il pesce	s.	fish
沙丁魚	la sarda; sardina	s.	sardine

中文	義大利文	詞性	英文
鱈魚	il merluzzo	s.	codfish
魷魚	la seppia	s.	cuttlefish
鮭魚	il salmone	s.	salmon
鮪魚	il tonno	s.	tuna
鯛魚	l'orata	s.	bream
鰻魚	l'anguilla	s.	eel
鯉魚	la carpa	s.	carp
章魚	il polpo	s.	octopus
龍蝦	l'aragosta	s.	lobster
牡蠣；生蠔	l'ostrica	s.	oyster
蛤蜊	la vongola	s.	clam
螃蟹	il granchio	s.	crab
干貝	il pettine	s.	scallop
肉類	la carne	s.	meat
雞肉	il pollo	s.	chicken

Chapter

4

中文	義大利文	詞性	英文
雞腿	la coscia di pollo	s.	drumstick
雞胸肉	il petto di pollo	s.	chicken breast
雞蛋	l'uovo	s.	egg
鵝肉	l'oca	s.	goose meat
鵝肝	il fegato d'oca	s.	goose liver
牛肉	il manzo	s.	beef
牛小排	la costola di mucca	s.	short rib
牛舌頭	la lingua di bue	s.	ox tongue
豬肉	la carne di maiale	s.	pork
羊肉	la carne di montone; pecora	s.	mutton
羊小排	la costoletta d'angnello	s.	lamb cutlet
香腸	la salsiccia	s.	sausage
火腿	il prosciutto	s.	ham
培根	il bacon	s.	bacon

中文	義大利文	詞性	英文
穀類	i chicchi di grano;ilmais	s.	corns
米	il riso	s.	rice
小麥	il grano	s.	wheat
燕麥	l'avena; gli avene	s.	oats
麵粉	la farina	s.	flour
澱粉	l'amido	s.	starch

ⓑ 調味料

中文	義大利文	詞性	英文
沙拉醬	la maionese	s.	mayonnaise
果醬	la marmellata	s.	jam
花生醬	il burro d'arachidi	s.	peanut butter
芥末醬	la senape	s.	mustard
白糖	lo zucchero	s.	white sugar
鹽巴	il sale	s.	salt
醋	l' aceto	s.	vinegar

中文	義大利文	詞性	英文
油	l' olio	s.	oil
橄欖油	l' olio d'oliva	s.	olive oil
辣油	l' olio al peperonico	s.	chilli oil
奶油	il burro	s.	butter
胡椒	il pepe	s.	pepper
胡椒粉	la polvere di pepe	s.	pepper powder
蜂蜜	il miele	s.	honey
茴香	il finocchio	s.	fennel
香草（總稱）	l'erba aromatica	s.	herb
肉桂	il cinnamomo	s.	chinese cinnamon
百里香	il timo	s.	thyme
大茴香子（八角）	i semi di anice	s.	aniseed

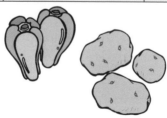

中文	義大利文	詞性	英文
牛排	la bistecca	s.	steak
燻鮭魚	il salmone affumicato	s.	smoked salmon
炸雞	il pollo fritto	s.	fried chicken
義大利麵	gli spaghetti	s.	spaghetti
生菜沙拉	l'insalata di verdura	s.	vegetable salad
湯	la zuppa	s.	soup
玉米濃湯	la zuppa di mais dolce	s.	sweet corn soup
海鮮湯	la zuppa di mare; di pesce	s.	seafood soup
蔬菜湯	la zuppa di verdura	s.	vegetable soup

Chapter
4

中文	義大利文	詞性	英文
義大利起司	la parmigiana; il parmigiano	s.	italian cheese
義大利傳統千層麵	lasagne al forno	s.	traditional lasagne
海鮮飯	il risotto del mare	s.	sea rice
羅馬傳統長條蕃茄肉管麵	i bucatini all'amatriciana	s.	roman noodles
麵疙瘩	gli gnocchi	s.	patetodumplings
海鮮細麵	gli spaghetti di pescatore	s.	noddles of seafood
鮮貝細麵	gli spaghetti delle vongole	s.	noddles of clam
蕃茄起司披薩	la pizza margherita	s.	pizza margherita
四季披薩 (四種起司)	la pizza quarto formaggi	s.	pizza with four cheeses
炸洋蔥黃瓜	la frittata di zucchine e frittata di cipolle	s.	omelettes made with onion and zucchine

中文	義大利文	詞性	英文
蔬菜起司肉	carpaccio di verdure	s.	vegetable carpaccio
地中海義大利奶酪	mozzarella alla mediterranea	s.	mozzarella with a raw tomato sauce
義大利甜醬布丁	panna cotta con salsa al caramello	s.	cream dessert with caramel cream sauce
香菇海鮮活寬麵	tagliatelle agli scampi e tartufo	s.	Noodl es with scampi and truffle sauce

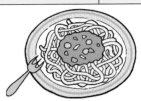

▲ 義大利有許多值得參觀的教堂，不過切記進入教堂時，要注意一下自己的儀容，千萬不要穿著短褲、無袖背心就走進去了，這樣是很不禮貌的喔！

21

中文	義大利文	詞性	英文
吐司	il toast		toast
法國長麵包	la baguette		french stick
麵包	il pane	s.	bread
牛角麵包	il cornetto	s.	croissant
小圓麵包	la focaccina	s.	scone
三明治	il tramezzino	s.	sandwich
鬆餅	la frittella	s.	pancake
蛋糕	la torta	s.	cake
巧克力蛋糕	la torta di cioccolato	s.	chocolate cake

中文	義大利文	詞性	英文
千層餅	la zuppa inglese	s.	multi-layer steamed bread
泡芙	lo sbuffo	s.	puff
餅乾	il biscotto	s.	cookie
布丁	il budino	s.	pudding
提拉米蘇	tiramisu' al caffé	s.	the classic mascarpone cheese and coffee dessert
冰淇淋	il gelato	s.	ice cream

▲ 街角的書報亭除了買報紙、香菸之外，也可以買到公車票喔！

中文	義大利文	詞性	英文
可樂	coca cola	s.	cola
蘇打水	la soda	s.	soda
果汁	il succo	s.	juice
柳橙汁	il succo d'arancio	s.	orange juice
葡萄汁	il succo d'uva	s.	grape juice
茶	il tè	s.	tea
紅茶	il tè nero	s.	black tea
礦泉水	l'acqua minerale	s.	mineral water
牛奶	il latte	s.	milk
可可亞	il cacao	s.	cocoa
咖啡	il caffe'	s.	coffee
卡布其諾咖啡	il cappuccino	s.	cappuccino
濃咖啡	l'espresso	s.	espresso

中文	義大利文	詞性	英文
葡萄酒	il vino rosso e bianco	s.	wine
白蘭地	brandy; acquavite di vino	s.	brandy
威士忌	whisky	s.	whiskey
伏特加	la vodka	s.	vodka
琴酒	il gin	s.	gin
香檳	lo champagne	s.	champagne
雞尾酒	la miscela di liquori diversi; il cocktail	s.	cocktail
啤酒	la birra	s.	beer
龍舌蘭酒	pulque	s.	pulque
雪利酒	lo sherry	s.	sherry
檸檬酒	il limocello	s.	limon wine
義大利托斯肯諾酒	chianti	s.	tuscan wine(chianti)
彼蒙特紅酒	il barolo	s.	red wine from piedmont

中文	義大利文	詞性	英文
蒸	vaporizzare	v.	steam
煮	bollire	v.	boil
炒	cuocere; soffriggere	v.	fry
炸	friggere	v.	deep fry
烘烤	cuocere al forno	v.	bake
燒烤	cuocere alla griglia	v.	broil
熬；燉	stufare; bollire a lungo	v.	decoct; stew
涼拌	il contorno	n.	salad
醃漬	fa la salamoia; il sottaceto	v.	pickle
攪拌	mescolare	v.	mix
切	tagliare	v.	cut

中文	義大利文	詞性	英文
剁	spaccare	v.	chop
敲打；拍打	colpire; toccare leggermente	v.	knock; pat
冰凍	gelare	v.	freeze
揉（麵團）	impastare; la pasta	v.	knead (dough)
器具	gli attrezzi di cucina	s.	utensil
茶杯	la tazza	s.	cup
玻璃杯	il bicchiere	s.	glass
叉子	la forchetta	s.	fork
刀	il coltello	s.	knife
湯匙	il cucchiaio	s.	spoon
筷子	i bastoncini cinesi	s.	chopsticks

Chapter

4

中文	義大利文	詞性	英文
盤子；碟子	il piatto	s.	plate; dish
碗；器皿	la ciotola; il contenitore	s.	bowl; container
水壺	il bollitore	s.	kettle
杓子；湯杓	il mestolo; cucchiaio da minestra	s.	dipper; soup spoon
煎鍋；平底 鍋	la padella	s.	frying pan; pan
湯鍋	la salsiera	s.	saucepan
菜刀	il coltello; l'affettatrice	s.	chopper
切菜板；砧 板	il tagliere	s.	chopping block; cutting board

Chapter
5

交通運輸篇

24

中文	義大利文	詞性	英文
機票	il biglietto di volo	s.	air ticket
頭等艙	prima classe	s.	first-class
商務艙	business class	s.	business class
經濟艙	classe economia	s.	economy class
吸煙區	la zona fumatori	s.	smoking area
禁煙區	la zona non fumatori	s.	smoking prohibited area
登機門	il cancello d'imbarco	s.	boarding gate
登機證	il pass d'imbarco	s.	boarding pass
護照	il passaporto	s.	passport
簽證	il visto	s.	visa

中文	義大利文	詞性	英文
救生衣	il giubbotto di salvataggio	s.	life jacket
安全帶	la cintura	s.	seat belt
確認	confermare	v.	confirm
候補	riservare	v.	stand by
起飛	decollare	v.	take off
降落	atterrare	v.	land
繫上	allacciarp	v.	fasten
解開	slacciare	v.	unfasten
機場	l'aeroporto	s.	airport
海關	la dogana	s.	custom
入境	immigrare	v.	immigrate

Chapter
5

中文	義大利文	詞性	英文
出境	emigrare	s.	emigrate
公車	l'autobus	s.	bus
司機	l'autista	s.	bus driver
車票	il biglietto dell'autobus	s.	bus ticket
買票	comprare un biglietto	v.	buy a ticket
搭乘	viaggiare	v.	travel by
座位	il posto	s.	seat
公車站	la fermata	s.	bus stop
上車	salire	v.	get on
下車	scendere	v.	get off
停車	fermare	v.	stop

中文	義大利文	詞性	英文
下車鈴	il bottone; premere il pulsante	s.	push button
計程車	taxi	s.	taxi
計程車招呼站	la fermata del taxi	s.	taxi station
目的地	la destinazione	s.	destination
地址	l'indirizzo	s.	address
車費	la tariffa	s.	bus/taxi fare
地下鐵	metropolitana	s.	metro
火車	il treno	s.	train
售票處	la biglietteria	s.	ticket office
月台	il binario	s.	platform

Chapter
5

中文	義大利文	詞性	英文
首班車	il primo treno	s.	first train
末班車	l'ultimo treno	s.	last train
普通車	il treno; intercity	s.	way train
快車	il treno espresso	s.	express
特快車	il treno; eurostar italia	s.	special express
車廂	il vagone	s.	compartment
臥車	il vagone ferroviario	s.	berth compartment
餐車	il vagone ristorante	s.	dining compartment
臥鋪	la cuccetta; il letto	s.	berth
時刻表	l'orario	s.	timetable
對號座位	il posto a sedere con il numero	s.	number-checked seat

中文	義大利文	詞性	英文
無對號座位	il posto a sedere senza il numero	s.	free seat
站票	il posto in piedi	s.	standing ticket
坐票	il posto a sedere	s.	seated ticket
候車室	la sala d'attesa	s.	waiting room
遺失物品中心	l'ufficio oggetti smarriti	s.	lost thing claiming center
船	la barca	s.	boat
碼頭	la banchina	s.	pier
甲板	il ponte	s.	deck
船艙	la cabina	s.	cabin
上船	imbarcare	v.	embark
下船	sbarcare	v.	disembark

Chapter
5

中文	義大利文	詞性	英文
航線	la rotta	s.	route
航路	il viaggio	s.	journey
郵輪	la nave cisterna	s.	tanker
客輪	la crociera	s.	cruise
渡輪	la nave traghetto	s.	ferry
腳踏車	la bicicletta	s.	bicycle
汽車	la macchina; l'automobile	s.	car
摩托車	la notocicletta	s.	motorcycle
街道	la strada	s.	street
高速公路	l'autostrada	s.	highway
人行道	il marciapiede	s.	sidewalk

中文	義大利文	詞性	英文
巷子	il viottolo	s.	lane
十字路口	l'incrocio	s.	crossroads
天橋	il sovrappasso	s.	overbridge
地下道	il sottopassaggio	s.	subway
斑馬線	l' attraversamento pedonale zebrato; strisce pedonali	s.	zebra crossing
電線桿	il palo	s.	pole
路標	l'indicazione	s.	signpost
路燈	il semaforo	s.	streetlight
交通號誌	la segnaletica	s.	traffic signs
紅燈	la luce rossa	s.	red light

Chapter
5

中文	義大利文	詞性	英文
綠燈	la luce verde	s.	green light
電話亭	la cabina telefonica	s.	telephone booth
郵筒	la buca della lettere; la cassetta delle lettere	s.	post box

申請申根簽證所需文件

簽證最晚必須在出發的五天前申請好，申請簽證時，你需要準備好以下文件：

1. 有效護照正、影本各一份
2. 身份證正、影本各一份
3. 兩吋照片一張，簽證申請表格一份
4. 適用於海外或義大利之醫療及住院保險，英文版的保險證明。
5. 英文存款證明
6. 機票正影本

如果讀者需要更詳細的資訊，可以聯絡「義大利經濟貿易文化推廣辦事處」

地址：台北市基隆路一段333號1808室

電話：（02）2345-0320

e-mail：ufftaip@ms24.hinet.net

中文	義大利文	詞性	英文
公園	il parco	s.	park
教堂	la chiesa	s.	church
辦公大樓	il palazzo degli uffici	s.	office building
車站	la stazione	s.	station
房屋	la casa	s.	house
停車場	il parcheggio	s.	parking lot
劇院	il teatro	s.	theater
劇場	il teatro dell'opera	s.	opera house
博物館	il museo	s.	museum
美術館	il museo dell'arte	s.	art museum

Chapter
5

中文	義大利文	詞性	英文
電影院	il cinema	s.	cinema
畫廊	la galleria	s.	gallery
餐廳	il ristorante	s.	restaurant
咖啡廳	la caffetteria	s.	coffee shop
酒吧	il bar	s.	bar
市場	il mercato	s.	market
商店	il negozio	s.	shop
服飾店	la boutique	s.	boutique
百貨公司	il grande magazzino	s.	department store
洗衣店	la lavanderia	s.	washhouse
跳蚤市場	il mercato della domenica	s.	flea market

中文	義大利文	詞性	英文
鞋店	la calzatura	s.	shoes shop
珠寶店	la gioiel eria	s.	jewelry shop
手錶店	orologeria; l'orologiallo	s.	watch shop
花店	il fioraio	s.	florist
文具店	la cartoleria	s.	stationery shop
書店	la libreria	s.	bookstore
警察局	l'ufficio di polizia	s.	police office
藥房	la farmacia	s.	drugstore
郵局	l'ufficio postale	s.	post office
加油站	il benzinaio	s.	gas station

Chapter
5

中文	義大利文	詞性	英文
打電話	fare una telefonata	v.	make a phone call
回電話	richiamare	v.	call back
公共電話	il telefono pubblico	v.	pay phone
手機	il cellulare	s.	mobile phone
叫人電話	la chiamata persona a persona	s.	person-to-person call
叫號電話	la chiamata stazione a stazione	s.	station-to-station call
對方付費	la chiamata a carico	s.	collect call
接線生	l'operatore	s.	operator
電話號碼	il numero di telefono	s.	telephone number
分機號碼	l'estensione	s.	extension

中文	義大利文	詞性	英文
國際電話	la chiamata internazionale	s.	international call
國別碼	il codice del paese	s.	country code
市內電話	la chiamata domestica; in rete	s.	domestic call
市外電話	la chiamata nazionale	s.	domestic toll call
查號台	la linea informazioni	s.	information directory
電話簿	l'elenco telefonico	s.	telephone directory
通話中	occupato	a.	engaged
留言	lasciare il messaggio	v.	leave message
電報	il telegramma	s.	telegram
傳真	il fax	s.	fax
郵件	la posta	s.	mail
包裹	il pacchetto	s.	parcel

Chapter
5

中文	義大利文	詞性	英文
明信片	la cartolina	s.	postcard
航空信	la posta aerea	s.	air mail
平信	la posta superficie	s.	surface mail
一般信件	generale	s.	general mail
掛號信	la posta raccomandata	s.	registered mail
信封	la busta	s.	envelope
郵票	il francobollo	s.	stamp
空運	la posta aerea	s.	air mail
海運	la posta superficie	s.	surface mail
快遞	la posta celere	s.	express mail
重量	il peso	s.	weight

中文	義大利文	詞性	英文
坐	sedere	v.	sit
站立	stare in piedi	v.	stand
躺	appoggiare	v.	lie
蹲	accoccolarsi	v.	crouch
趴	distendersi per terra	v.	prostrate
爬	fare una scalata	v.	climb
跳	saltare	v.	jump
跑	correre	v.	run
走	camminare	v.	walk
飛	volare	v.	fly
撞	scontrarsi	v.	collide with

Chapter
5

中文	義大利文	詞性	英文
轉	girare	v.	turn
進去	entrare	v.	get in
出來	uscire	v.	get out
看	guardare; vedere	v.	see
聽	ascoltare	v.	listen
聞	sentire	v.	smell
吃	mangiare	v.	eat
喝	bere	v.	drink
吹	soffiare	v.	blow
說話	parlare	v.	talk; speak
叫喊	gridare	v.	shout
唱歌	cantare	v.	sing

中文	義大利文	詞性	英文
跳舞	ballare	v.	dance
寫	scrivere	v.	write
讀	leggere	v.	read
給	dare	v.	give
借	prestare	v.	borrow
得到	prendere	v.	get
推	spingere	v.	push
拉	tirare	v.	pull
穿戴	mettere; vestire	v.	wear
貼	incollare	v.	stick
拿	prendere	v.	take
放	mettere	v.	put

Chapter
5

中文	義大利文	詞性	英文
製作	fare; fabbricare	v.	make
交換	scambiare	v.	exchange
嘗試	provare	v.	attempt
打開	aprire	v.	open
關掉	chiudere	v.	close
等待	aspettare	v.	wait
休息	riposare	v.	rest
使用	usare	v.	use
請求	chiedere	v.	request
知道	sapere	v.	know
學習	imparare	v.	learn

Chapter

6

校園篇

中文	義大利文	詞性	英文
教育	l'educazione	s.	education
文化	la cultura	s.	culture
學校	la scuola	s.	school
幼稚園	la scuola materna	s.	kindergarten
小學生	l' allievo	s.	pupil
中學生	l' allievo	s.	junior high school student
高中生	lo studente di liceo	s.	senior high school student
職業學校	la scuola professionale	s.	vocational school
大學	l'universita'	s.	university
研究所	il master universitario; il dottorato	s.	graduate school
學士	post-laurea	s.	bachelor

中文	義大利文	詞性	英文
碩士	il master	s.	master
博士	il titolo di dottore	s.	doctor
學期	il semestre	s.	semester
學年	l'anno accademico	s.	academic year
年級	il grado	s.	grade
科系	la facolta'	s.	department
主修	la specializzazione; di primo livello	s.	major
副修	di livello minore	s.	minor
文學院	la facolta' d'arte	s.	faculty of liberal arts
商學院	la facolta' di commercio	s.	faculty of commerce
法學院	la facolta' di giurisprudenza	s.	faculty of law
西班牙語系	il dipartimento di spagnolo	s.	department of spanish
美術系	il dipartimento dell'arte	s.	department of fine arts

中文	義大利文	詞性	英文
經濟系	il dipartimento di economia	s.	department of economics
醫學系	il dipartimento di medicina	s.	department of medical science
數學課	il dipartimento di matematica	s.	department of mathematics
體育課	il dipartimento di educazione fisica	s.	department of physical education
生物課	il dipartimento di biologia	s.	department of biology
註冊	l'iscrizione	s.	registration
開學	la prima fase di scuola	s.	beginning of a school term
課程表	l'orario della lezione	s.	school timetable
上課	andare alla lezione	v.	go to class
下課	dopo la lezione	s.	after class
放學	dopo la scuola	s.	after school
社團	club; il gruppo	s.	club
暑假	la vacanza d'estate	s.	summer vacation

中文	義大利文	詞性	英文
寒假	la vacanza d'inverno	s.	winter vacation
放假	in ferie	s.	on holiday
考試	l'esame	s.	examination
測驗	il test	s.	test
及格	superare	v.	pass
不及格	non riuscire	v.	fail
升級	promossa; promozione	s.	promotion
留級	bocciata; ripetente	a.	repeated
退學	abbandonare	v.	drop out
住宿	l' alloggio	s.	lodgment
獎學金	la borsa di studio	s.	scholarship
留學生	lo studente straniero	s.	overseas student
畢業	il laureato	s.	graduation

Chapter
6

中文	義大利文	詞性	英文
後門	l' uscita	s.	postern
教師室	l'ufficio d'insegnate; di professori	s.	teachers' room
輔導室	il consiglio degli studenti	s.	student counseling room
教室	l'aula	s.	classroom
黑板	la lavagna	s.	blackboard
板擦	il cancellino	s.	blackboard eraser
粉筆	il gesso	s.	chalk
電腦教室	l'aula di computer	s.	computer classroom
實驗室	il laboratorio	s.	laboratory

中文	義大利文	詞性	英文
禮堂	la sala d'assemblea; l'aula magna	s.	assembly hall
圖書館	la biblioteca	s.	library
操場	il campo	s.	playground
宿舍	l' alloggio per studenti	s.	dormitory
校長	il direttore	s.	headmaster (primary/secondary schools); president (university)
院長；系主任	il rettore	s.	dean of a faculty; head of a department
老師	l'insegnante	s.	teacher
教授	il professore	s.	professor
小學生	l'allievo	s.	pupil

中文	義大利文	詞性	英文
初中生	l' allievo	s.	junior high school student
高中生	lo studente	s.	senior high school student
大學生	lo studente universitario	s.	undergraduate
研究生	lo studente di master	s.	postgraduate
新生	la matricola d'universita'	s.	freshman
畢業生	laureato	s.	graduate
班長	il capoclasse; il consigliere	s.	monitor
學生會長	il presidente d'associazione dei studenti	s.	chairman of students' association
校規	il regolamento della scuola	s.	school regulations
校車	l'autobus della scuola	s.	school bus

中文	義大利文	詞性	英文
畢業典禮	le cerimonie di laurea	s.	graduation ceremony
學費	la retta	s.	tuition
學生證	la carta dello studente	s.	student id card
證書	il certificato	s.	certificate
畢業證書	il diploma	s.	diploma
推薦函	la lettera di raccomandazione	s.	letter of recommendation

▶ 世界著名的服裝品牌，每年固定在米蘭舉辦下一季流行服裝發表會，讓米蘭成為一個極具流行指標的城市。

中文	義大利文	詞性	英文
書	il libro	s.	book
精裝書	l'edizione rilegata	s.	hardcover
書名	il titolo del libro	s.	name of a book
作者	l'autore	s.	writer
出版社	l'editore	s.	publisher
口袋書	il libro tascabile	s.	pocket book
翻譯書	il libro in versione tradotta	s.	translated book
進口書	il libro d'importazione	s.	imported book
食譜	la ricetta	s.	recipe
辭典	il dizionario	s.	dictionary

中文	義大利文	詞性	英文
外語字典	il dizionario in lingua straniera	s.	foreign language dictionary
百科全書	l'enciclopedia	s.	encyclopedia
畫冊	l' album per la pittura	s.	painting album
雜誌	la rivista	s.	magazine
時尚雜誌	la rivista di moda	s.	fashion magazine
電腦雜誌	la rivista di computer	s.	computer magazine
旅遊雜誌	la rivista di viaggi	s.	traveling magazine
報紙	il giornale	s.	newspaper
文學類	libri di letteratura	s.	literary books
非文學類	saggistica	s.	non-literary books
科技類	i libri di tecnologia	s.	books of technology

中文	義大利文	詞性	英文
歷史類	i libri di storia	s.	books of history
童書類	i libri per ragazzi	s.	children's books
心理勵志類	i libri di psicologia e filosofia	s.	books of psychology and encouragement
小說類	i romanzi	s.	fictions
詩	la poesia	s.	poem
文具	la cartoleria	s.	stationery
鋼筆	la penna stilografica	s.	fountain pen
原子筆	la penna	s.	ball pen
鉛筆	la matita	s.	pencil
立可白	il bianchetto	s.	liquid paper
橡皮擦	la gomma	s.	eraser

中文	義大利文	詞性	英文
筆筒	il portapenne	s.	pen container
長尺	la riga lunga	s.	long ruler
短尺	la riga corta	s.	short ruler
釘書機	la graffettatrice; cucitrice	s.	stapler
釘書針	la cambretta	s.	staple
剪刀	le forbici	s.	scissors
刀	il taglierino	s.	cutter
削鉛筆機	il temperamatite	s.	pen sharpener
迴紋針	il fermaglio per fogli	s.	paper clip
膠水	la colla	s.	glue
筆記本	il quaderno	s.	notebook

Chapter
6

中文	義大利文	詞性	英文
便條紙	il memo; l'appunto	s.	memo
資料夾	l'archivio	s.	file
名片夾	il bigliettino; la rubrica	s.	file of name cards
計算機	la calcolatrice	s.	calculator

TRAVEL TIPS

義大利概況

　　義大利位於歐洲的南部，國土面積約為三十萬平方公里，只要一提起南北狹長的靴子形的國土，總能讓人立刻聯想起義大利。義大利的首都是著名的國際城市「羅馬」，使用的語言是義大利語，義大利人普遍信奉的是基督教和天主教。

　　由於義大利位於地中海中部，屬於地中海型氣候，夏天炎熱、乾燥，而冬季卻溫暖、多雨。雨季是在每年的十一月到四月，五月到十月則是乾季，也是最適合前往義大利旅遊的時候。

　　打開西方文化史，你可以發現許多義大利對整個歐洲影響深遠的歷史事件，如：締造出橫跨歐亞非三大洲的羅馬帝國，影響西方文化、藝術甚遠的文藝復興，以及著名的宗教改革等等。置身在這個在西方世界中曾經輝煌、舉足輕重的國家，你仍然能夠感受到它散發出來的深厚、豐富、悠遠的文化氣息。

中文	義大利文	詞性	英文
電腦	il computer	s.	computer
主機	l' elaboratore centrale	s.	mainframe
螢幕	lo schermo	s.	monitor
滑鼠	il mouse	s.	mouse
滑鼠墊	il tappetino per il mouse	s.	mouse pad
鍵盤	la tastiera	s.	keyboard
喇叭	l'altoparlante	s.	loudspeaker
印表機	la stampante	s.	printer
掃瞄機	lo scanner	s.	scanner
硬碟機	hard disk; il disco fisso	s.	hard disk drive
軟碟機	disco flessibile; floppy disck	s.	floppy drive
燒錄器	il cd registratore	s.	cd recordable drive
磁片	il dischetto; il disco	s.	disk

Chapter

6

中文	義大利文	詞性	英文
光碟片	il cd	s.	compact disk
數據機	modem	s.	modem
伺服器	server	s.	server
硬體	hardware	s.	hardware
軟體	software	s.	software
網路	internet	s.	internet
電子郵件	la posta eletronica	s.	e-mail
郵件帳號	l'indirizzo di posta elettronica	s.	e-mail address
連線	connesso	s.	on-line
輸入	entrare	v.	enter
密碼	la parole d'ordine	s.	password
收件者	il destinatario	s.	addressee
寄件者	il mittente	s.	sender
回信	la risposta	s.	reply
轉寄	inoltrare	v.	forward

中文	義大利文	詞性	英文
病毒	il virus	s.	virus
網站	il sito web	s.	website
入口網站	l'entrata del sito	s.	entrance website
搜尋;查詢	la ricerca	s.	search
關鍵字	la parole chiave	s.	keyword
網頁	homepage	s.	homepage
首頁	la prima pagina	s.	front page
下載	scaricare	v.	download
儲存	salvare	v.	save
檔案	il file; l'archivio	s.	file
線上遊戲	gioco in linea	s.	on-line game
討論區	chat room	s.	chat room

買名牌商品的天堂

對於時尚名牌的愛用者來說，來到義大利簡直就像來到天堂，在當地夏季折扣期間，商店用非常誘人的折扣價吸引消費者光顧，每在這個時刻，消費者可以用比平常便宜很多的價錢，買到精緻又昂貴的名牌，是最讓觀光客大呼過癮的事了。

不過要注意的是，義大利人也會在夏天讓自己好好的度假休息，因此，很多商店是沒有營業的。因此為了不讓自己乘興而去、敗興而歸，最好事先留意或詢問一下當地放假的時間。

▲ 米蘭購物大街是每個遊客必定拜訪之地，大街兩旁的商店都是世界知名的名牌精品店，不過逛累的話，還是有連鎖的速食店提供大家平價的消費。

Chapter

7

社會篇

中文	義大利文	詞性	英文
行業	la professione	s.	profession
產業	l'industria	s.	industry
農業	l'agricoltura	s.	agriculture
田地	il campo; la campagna	s.	field
果園	il frutteto	s.	orchard
畜牧業	i gallinacei doemstici	s.	poultry
牧場	la fattoria a monoproduzione	s.	ranch
林業	la selvicoltura	s.	forestry
漁業	la pesca	s.	fishery
工業	l'industira	s.	industry

中文	義大利文	詞性	英文
商業	il commercio	s.	commerce
科技業	la tecnologica	s.	technology
職業	l'occupazione	s.	occupation
會計師	il ragioniere	s.	accountant
律師	l'avvocato	s.	lawyer
法官	il giudice	s.	judge
檢察官	l'accusatore	s.	prosecutor
警察	il poliziotto	s.	policeman
交通警察	il vigile	s.	traffic policeman
消防隊員	il pompiere	s.	fireman
軍人	il soldato	s.	soldier

Chapter
7

中文	義大利文	詞性	英文
郵差	il postino	s.	postman
廚師	il cuoco	s.	cook
麵包師傅	il panettiere	s.	baker
餐廳服務生	il cammeriere	s.	waiter
公司職員	l'impiegato	s.	office worker
秘書	la segretaria	s.	secretary
業務員	il venditore; il commerciante	s.	salesperson
公務員	il servizio civile	s.	civil servant
導遊	la guida turistica	s.	tourist guide
空服員	la hostess	s.	air hostess
翻譯員	il traduttore	s.	translator

中文	義大利文	詞性	英文
機械工程師	l'ingeniere meccanico	s.	mechanical engineer
建築師	l'architetto	s.	architect
工人	il manovale	s.	worker
農夫	l'agricoltore	s.	farmer
漁夫	il pescatore	s.	fisherman
魚販	il pescivendolo	s.	fishmonger
理髮師	il barbiere	s.	barber
店員	la commessa	s.	shopkeeper
模特兒	la modella	s.	model
服裝設計師	lo stilista	s.	fashion designer
室內設計師	l'architetto d'interni	s.	interior designer

Chapter
7

中文	義大利文	詞性	英文
畫家	il pittore	s.	painter
音樂家	il musicista	s.	musician
作家	lo scrittore; l'autore	s.	writer
攝影師	il fotografo	s.	photographer
編輯	l' editore	s.	editor
運動選手；運動員	il giocatore; l'atleta	s.	player; athlete

▲ 義大利交通警察指揮交通時的英姿。

中文	義大利文	詞性	英文
會議室	la sala riunioni	s.	conference room
會客室	la sala d'aspetto	s.	reception room
休息室	la sala d'aspetto; il salotto	s.	lounge
影印機	la fotocopiatrice	s.	copy machine
傳真機	l'apparecchio per i fax	s.	fax machine
碎紙機	la macchina distruggi-documenti	s.	shredder
準時	in tempo	avv.	on time
遲到	in ritardo	avv.	late
開會	tenere una riunione	v.	hold a meeting
拜訪	visitare; il cliente	v.	visit (customer)
提案	la proposta; il progetto	s.	proposal

Chapter
7

中文	義大利文	詞性	英文
市場調查	la geometra di commercio	s.	market survey
總裁	il direttore	s.	chairman
董事長	il presidente	s.	president
總經理	il manager; il direttore generale	s.	general manager
經營者	l'impreditore	s.	entrepreneur
股東	l'azionista	s.	stockholder
客戶	il cliente	s.	customer
契約	il contratto	s.	contract
簽約	il contratto firmato	s.	contract signing
紅利	il dividendo	s.	dividend
獎金	il premio; la gratifica	s.	bonus
總公司	la direzione	s.	head office

中文	義大利文	詞性	英文
分公司	la succursale	s.	branch
工廠	la fabbrica	s.	factory
行銷部	dipartamento commerciale	s.	marketing department
企畫部	dipartamento programmazione strategica	s.	strategic planning department
職位	la posizione	s.	position
薪水	lo stipendio	s.	salary
請假	chiedere le ferie	v.	ask for leave
出差	il viaggio d'affari	s.	business trip
加班	oltre l'ora fissata; gli straordinari	s.	overtime
退休	in pensione	s.	retirement
離職	le dimissioni	s.	resignation
升職	la promozione; l'avanzamento	s.	promotion

03 經濟、銀行

中文	義大利文	詞性	英文
進口	la merce d'importazione	s.	import
出口	la merce d'esportazione	s.	export
股票	lo stock; la borsa valori	s.	stock
支票	l'assegno	s.	check
旅行支票	l'assegno di viaggio; i travel check	s.	traveler's check
信用卡	la carta di credito	s.	credit card
兌換	convertire	v.	convert
匯率	il valore dello scambio	s.	exchange rate
外幣	la moneta straniera	s.	foreign currency
銀行	la banca	s.	bank
提款機	ATM	s.	ATM

中文	義大利文	詞性	英文
服務台	il servizio d'informazione	s.	information counter
領錢	il ritiro dei soldi	s.	withdrawal of money
借貸	il prestito	s.	loan
利息	l'interesse	s.	interest
手續費	la commissione	s.	service charge
台幣	Taiwan-nuovo dollaro (twd)	s.	NT. dollar
美金	USA – dollaro	s.	U.S. dollar
紙幣	il foglio	s.	dollar note
硬幣	la moneta	s.	coin
面值	il valore norminale	s.	face value
開門（指營業中）	aperto	a.	open (on business hours)
關門（指已歇業）	chiuso	a.	closed (business terminated)

中文	義大利文	詞性	英文
歹徒	il bandito; il criminale	s.	bandit
小偷	il ladro	s.	thief
強盜犯	il rapinatore	s.	robber
騙子	il truffatore	s.	swindler
殺人犯	l' assassino	s.	murderer
強暴犯	il violentatove	s.	raper
犯人	il criminale	s.	criminal
嫌疑犯	il sospetto	s.	suspect
目擊者	il testimone	s.	witness
受刑人	il prigioniero	s.	prisoner

中文	義大利文	詞性	英文
流浪漢	il barbone	s.	tramp
警察	il poliziotto	s.	policeman
偵察	l'ispettore della polizia	s.	police inspector
逮捕	arrestare	v.	arrest
制伏	sottomettere	v.	subdue
投降	rendere; consegnare	v.	surrender
自首	consegnare alla polizia	v.	surrender to the police voluntarily
犯罪	commettere un delitto	v.	commit a crime
竊盜	furto	s.	theft
搶奪	rubare	v.	rob
詐騙	inganno; frode	s.	fraud
縱火	mettere a fuoco	v.	set on fire

Chapter
7

中文	義大利文	詞性	英文
殺人	l'omicidio	s.	homicide
吸毒	drogarsi	v.	take drug
販毒	spacciare droga	v.	smuggle drug
強暴	violentare	v.	rape
綁架	rapire	v.	kidnap
侵犯	offendere	v.	offend
妨礙	ostruire	v.	obstruct
跟蹤	seguire le tracce	v.	follow the tracks of
騷擾	disturbare	v.	disturb
報警	chiamare la polizia	v.	call police
受罰	punire	v.	punish
坐牢	la prigionia	s.	imprisonment
罰金	la multa	s.	fine

中文	義大利文	詞性	英文
審判	il giudizio; il processo	s.	trial
有罪	la colpa	s.	guilt
無罪	l'innocenza	s.	innocence
釋放	la liberazione	s.	liberation
自由	la liberta'	s.	freedom

▶ 羅馬的古代競技場，曾經在羅馬帝國時期，上演無數場人與猛獸生死決鬥的「表演」，現在只剩下斷垣殘壁供世人憑弔。

中文	義大利文	詞性	英文
媒體	i media	s.	media
廣播	le telecomunicazioni	s.	broadcast
電視	la televisione	s.	television
廣告	la pubblicita'	s.	advertisement
照片	la foto	s.	picture
漫畫	il fumetto	s.	comic strip
評論（指報紙上的文章）	la revisione	s.	review (article on newspapers)
社論	l'editoriale	s.	editorial
文章	l'articolo	s.	article
封面人物	storia di copertina	s.	cover story

中文	義大利文	詞性	英文
標題	il titolo	s.	headline
新聞	la notizia	s.	news
社會新聞	la cronaca	s.	local news
政治新聞	la notizia di politica	s.	political news
娛樂新聞	la notizia dello spettacolo e cultura	s.	entertainment news
體育新聞	la notizia dello sport	s.	sports news
氣象報告	il meteo; la previsione del tempo	s.	weather forecast
報導	riferire	v.	report
採訪	intervistare	v.	interview
轉述	riferire; mettere in relazione	v.	relate
評論；批評	la critica; il commento	s.	criticism; comment

Chapter

7

中文	義大利文	詞性	英文
播放	trasmettere	v.	broadcast
轉播	in oifferita	v.	relay
直撥	in diretta	s.	live
新聞主播	il commentatore; la telecronista	s.	commentator
記者	la giornalista	s.	reporter
新聞記者	la giornalista della notizia	s.	news reporter
攝影記者	il fotografo	s.	press photographer
氣象播報員	il meteorologo	s.	weatherman
播音員	l'annunciatore	s.	announcer
電台dj	radio dj	s.	radio dj (disc jockey)
評論家	il critico	s.	critic

中文	義大利文	詞性	英文
亞洲	Asia	s.	Asia
中國	Cina	s.	China
大韓民國	Corea	s.	Korea
日本	Giappone	s.	Japan
新加坡	Singapore	s.	Singapore
泰國	Tailandia	s.	Thailand
印度	India	s.	India
馬來西亞	Malesia	s.	Malaysia
歐洲	Europa	s.	Europe
奧地利	Austria	s.	Austria

Chapter
7

中文	義大利文	詞性	英文
波蘭	Polonia	s.	Poland
丹麥	Danimarca	s.	Denmark
德國	Germania	s.	Germany
法國	Francia	s.	France
荷蘭	Olanda	s.	Holland
紐西蘭	Nuova Zelanda	s.	New Zealand
挪威	Norvegia	s.	Norway
瑞典	Svezia	s.	Sweden
瑞士	Svizzera	s.	Switzerland
英國	Inghiriterra	s.	England
義大利	Italia	s.	Italy

中文	義大利文	詞性	英文
西班牙	Spagna	s.	Spain
葡萄牙	Portogallo	s.	Portugal
非洲	Afirca	s.	Africa
埃及	Egitto	s.	Egypt
安哥拉	Angora	s.	Angora
剛果	Congo	s.	Congo
利比亞	Libia	s.	Libya
摩洛哥	Marocco	s.	Morocco
南非	Sud Africa	s.	South Africa
大洋洲	Oceania	s.	Oceania
澳大利亞	Australia	s.	Australia

Chapter
7

中文	義大利文	詞性	英文
關島	Guam	s.	Guam
美洲	America	s.	America
加拿大	Canada	s.	Canada
美國	Stati Uniti d'America	s.	United States of America
阿根廷	Argentina	s.	Argentina
巴拿馬	Panama	s.	Panama
古巴	Cuba	s.	Cuba
墨西哥	Messico	s.	Mexico
哥倫比亞	Colombia	s.	Columbia
秘魯	Peru	s.	Peru
智利	Cile	s.	Chile

Chapter
8

休閒娛樂篇

中文	義大利文	詞性	英文
興趣	l'interesse	s.	interest
休閒活動	attivita' ricreative	s.	recreational activities
娛樂	il divertimento; lo spettacolo	s.	entertainment
釣魚	la pesca	s.	fishing
收集	raccogliere	v.	collect
收藏品	la collezione	s.	collection
購物	fare le spese	s.	shopping
散步	passeggiare	v.	stroll
爬山	vagabondare; vagare	v.	hike
種植	crescere la pianta	v.	grow plant

中文	義大利文	詞性	英文
植物	la pianta	s.	plant
飼養	allevare;accudire	v.	raise
寵物	animale domestico	s.	pet
騎	andare in bicicletta	v.	ride
腳踏車	la bicicletta	s.	bicycle
駕駛	guidare	v.	drive
汽車	la macchina	s.	car
賽車	la gara automobilistica	s.	car race
騎馬	la cavalcata	s.	horse riding
看；欣賞	guardare; apprezzare	v.	watch; appreciate
表演；秀	lo spettacolo; show	s.	performance; show

Chapter
8

中文	義大利文	詞性	英文
音樂	la musica	s.	music
演唱會	il concerto	s.	concert
聲樂	l'opera	s.	vocal music
流行歌曲	la canzone pop	s.	pop song
音樂會	il concerto	s.	concert
演奏會	esecuzione	s.	performance
鋼琴	il pianoforte	s.	piano
小提琴	il violino	s.	violin
大提琴	il violoncello	s.	cello
管弦樂	la musica orchestrale	s.	orchestral music
打擊樂	la musica da percussione	s.	percussion music

中文	義大利文	詞性	英文
指揮	il direttore d'orchestra	s.	conductor
演奏者	l' esecutore	s.	performer
歌劇	l'opera	s.	opera
歌舞劇	il musical	s.	song and dance drama
默劇	la pantomima	s.	pantomime
展覽	la mostra	s.	exhibition
美術展	la mostra dell'arte	s.	art exhibition
油畫	l'affresco	s.	oil painting
水彩畫	l'acquarello	s.	watercolor
素描	lo schizzo	s.	sketch
印象派	l'impressionismo	s.	impressionism

Chapter
8

中文	義大利文	詞性	英文
抽象派	l'astrattismo	s.	abstractionism
古典學派	il classicismo	s.	classicism
攝影展	la mostra fotofrafica	s.	photographic exhibition
陶瓷器展	la mostra di ceramica	s.	ceramics exhibition
雕刻	intagliare	v.	carve
藝術	l'arte	s.	art
導覽手冊	il libretto di direzione; della guida	s.	directory pamphlet
入口	l'entrata	s.	entrance
出口	l'uscita	s.	exit
票	il biglietto	s.	ticket
入場卷	il biglietto d'entrata	s.	entrance ticket

中文	義大利文	詞性	英文
看電影	andare al cinema	v.	go to the movies
電影院	il cinema	s.	cinema
導演	il direttore	s.	director
男主角	l'attore protagonista	s.	leading actor
女主角	l'attrice protagonista	s.	leading actress
古裝片	il film antico	s.	ancient costume film
時裝片	il film moderno	s.	modern costume film
喜劇片	il film comico	s.	comedy
文藝愛情片	il film sentimentale	s.	literary and love film
恐怖片	il film horror	s.	horror film
賭博	il giocco d'azzardo	s.	gamble

Chapter
8

中文	義大利文	詞性	英文
西洋棋	la scacchiera	s.	checkers
玩牌	giocare a carte	v.	play cards
畫畫	pitturare; dipingere	v.	paint
烹飪	la cucina	s.	cooking
跳舞	la danza; il ballo	s.	dancing
旅行	il viaggio	s.	traveling
看電視	gurdare la tv	v.	watch tv
男演員	l'attore	s.	actor
女演員	l'attrice	s.	actress
男歌星	il cantante	s.	male singer
女歌星	la cantante	s.	female singer

中文	義大利文	詞性	英文
主持人	il presentatore	s.	emcee
影集	l'antologia	s.	anthology
連續劇	a puntata; soap opera; seriale; serie a puntate	s.	soap opera; serial
新聞報導	la notizia	s.	news report
新聞節目	il servizio giornalistico	s.	reportage
旅遊節目	il programma di viaggio	s.	travel program
美食節目	il programma di alta cucina	s.	best cuisines program
卡通影片	il cartone animato	s.	cartoon
頻道	il canale	s.	channel
聽音樂	ascoltare la musica	v.	listen to music

Chapter
8

中文	義大利文	詞性	英文
古典音樂	la musica classica	s.	classical music
舞曲	la musica elettronica	s.	dance music
抒情歌曲	la canzone lirica	s.	lyric song
跳舞	il ballo	s.	dancing
探戈	il tango	s.	tango
吉魯巴	la cuba	s.	jiruba
傳統舞蹈	la danza tradizionale	s.	traditional dance

◀ 羅馬各地有許多噴泉，其中以許願池最為著名，只要背對水池拋下硬幣，所許下願望就能實現喔！羅馬市政府每年固定打撈池中的硬幣，作為修整水池以及公益用途。

中文	義大利文	詞性	英文
運動	l'esercizio	s.	exercise
競賽	la competizione	s.	competition
運動會	l'riunione sportiva	s.	sports meet
運動器材	l'attrezzatura sportiva	s.	sports equipment
運動場	i campi da sports	s.	sports field
球場	il campo	s.	court
球	il pallone	s.	ball
球拍	la racchetta	s.	racket
觀眾	il pubblico	s.	audience
啦啦隊	la ragazza 'pon-pon'	s.	cheer squad

Chapter
8

中文	義大利文	詞性	英文
裁判	l'arbitro	s.	judge
球員	il giocatore	s.	ball player
球隊	il gruppo; la squadra	s.	team
選手	l'atleta	s.	athlete
教練	l'allenatore	s.	coach
分數	il risultato	s.	score
犯規	il fallo	s.	foul
贏	vincere	v.	win
輸	perdere	v.	lose
名次	la posizione	s.	position
慢跑	correre	v.	jog

中文	義大利文	詞性	英文
馬拉松賽跑	la maratona	s.	marathon
拳擊	il pugliato; boxing	s.	boxing
滑雪	sciare	v.	ski
打獵	cacciare	v.	hunt
游泳	nuotare	v.	swim
潛水	tuffarsi;immergersi	v.	dive
衝浪	la pratica del surf; surfing	s.	surfing
帆船	la barca a vela	s.	sailboat
釣魚	pescare	v.	fish
滑翔飛行	volare col deltaplano	v.	glide
跳傘	la paracadutare	v.	parachute

Chapter
8

中文	義大利文	詞性	英文
高爾夫球	il golf	s.	golf
棒球	il baseball	s.	baseball
足球	il calcio	s.	soccer
網球	il tennis	s.	tennis
籃球	il basketball; il pallacanestro	s.	basketball
保齡球	bowling	s.	bowling
賽車	la gara delle macchine	s.	motor racing
自行車	la bicicletta	s.	bicycle
西洋劍	il fiorelto	s.	sabre

中文	義大利文	詞性	英文
旅行	il viaggio	s.	traveling
國外	l'estero; oltremare	s.	overseas
國內	nazionale	s.	domestic
觀光客	il turista	s.	tourist
旅行社	l'agenzia di viaggio	s.	travel agent
團體旅行	il tour	s.	tour
自助旅行	viaggio indipendente; senza agenzia	s.	independent traveling
航空公司	la compagnia di volo	s.	airline
預訂	riservare	v.	book
單程票	il biglietto solo andata	s.	single-trip ticket

Chapter
8

中文	義大利文	詞性	英文
來回票	il biglietto di andata e ritorno	s.	round-trip tickets
旅遊指南	la guida di viaggio	s.	travel directory
地圖	la mappa	s.	map
出發	partire	v.	set out
抵達	l'arrivo	s.	arrival
延誤	il ritardo	s.	delay
停留	restare	v.	stay
返回	ritornare	v.	return
計畫	il progetto	s.	plan; schedule
行程	l' itinerario di viaggio	s.	itinerary
證件	il documento	s.	document

中文	義大利文	詞性	英文
旅費	il costo del viaggio	s.	travel expenses
手續費	il servizio	s.	service charge
小費	la mancia	s.	tips
行李	il bagaglio	s.	luggage
手提行李	il bagaglio a mano	s.	hand carry
超重行李	bagaglio sovraccarico	s.	overload luggage
住宿	accomodazione; alloggio	s.	lodgment
飯店	l'albergo; hotel	s.	hotel
汽車旅館	l'albergo per automobilisti; il motel	s.	motel
旅館	albergo; hotel	s.	hotel
民宿	l'osteria	s.	hostel; inn

Chapter
8

中文	義大利文	詞性	英文
等級	la categoria	s.	class
房費	la tariffa	s.	room charge
餐費	il prezzo del pasto	s.	meal expenses
附早餐	la colazione inclusa	s.	with free breakfast
半膳	mezza pensione	s.	meals partly provided
全膳	pensione completa	s.	meals fully provided
房間服務	il servizio in camera	s.	room service
櫃臺	il servizio d'informazione	s.	information desk
接待	il ricevimento; la reception	s.	reception
登記	la prenotazione; la registrazione	s.	registration
表格	il modulo	s.	form

中文	義大利文	詞性	英文
保證金；押金	il deposito	s.	cash deposit; cash pledge
保險箱	la cassaforte	s.	safe box
房號	il numero della camera	s.	room number
單人房	la camera singola	s.	single room
雙人房	la camera doppia	s.	double room
單人床	il letto singolo	s.	single bed
雙人床	il letto matrimoniale	s.	twin bed
屋主	il padrone	s.	master
觀光景點	la vista	s.	scenic spot
有名的	famoso	a.	famous
古蹟	il luogo storico	s.	historic site

Chapter
8

中文	義大利文	詞性	英文
風景	il paesaggio	s.	scenery
宮殿	il palazzo	s.	palace
寺院	il tempio	s.	temple
廣場	la piazza	s.	square
國家公園	il parco nazionale	s.	national park

◀ 威尼斯水道十分狹窄，有時候也會發生「塞船」的情形，所以在部分橋段會設置紅綠燈，以維持水上的交通秩序。

中文	義大利文	詞性	英文
價格	il prezzo	s.	price
付錢	pagare	v.	pay
刷卡	il pagamento con carta di credito	s.	payment by credit card
支票	l'assegno	s.	check
現金	il contante	s.	cash
收據	la ricevuta	s.	receipt
貴	costoso; caro	a.	expensive
便宜	economico; prezzo basso	a.	cheap
特價品	offerta	s.	special offer
打折	lo sconto	s.	discount
免費	gratuita	a.	free
贈送	omaggio	s.	free gift
賠償	indennizzare	v.	compensate

Chapter
8

中文	義大利文	詞性	英文
包裝	il pacchetto	s.	package
故障	che funziona male; mal funzionante	s.	malfunction
瑕疵品	prodotto difettoso	s.	blemished product
退錢	restituire	v.	refund
找錢	cambiare	v.	give change
手工皮革品	il cuoio e pelle lavorata a mano	s.	handmade leathercraft
玻璃	il vetro	s.	glass
陶器	l'arte delle ceramiche	s.	pottery
瓷器	gli oggetti di porcellana	s.	porcelain
地毯	il tappeto	s.	carpet
特產	il prodotto locale	s.	local product
皮草	il pelliccia	s.	fur
古董	l'antiquariato	s.	antique
手工藝品	l'antigianato	s.	handicraft

Chapter
9

自然篇

中文	義大利文	詞性	英文
動物	l'animale	s.	animal
狗	il cane	s.	dog
貓	il gatto	s.	cat
兔子	il coniglio	s.	rabbit
小馬	il pony; il cavallino	s.	young horse
公馬	il cavallo	s.	horse
母馬	la cavalla	s.	mare
牛	la mucca	s.	cow
小牛	il vitello; il vitellino	s.	calf (young cow)
公牛	il bue	s.	ox
母牛	la mucca	s.	cow
羔羊	l'agnello	s.	lamb
羊	la pecora	s.	sheep

中文	義大利文	詞性	英文
豬	il maiale	s.	pig
駱駝	il cammello	s.	camel
鹿	il cervo	s.	deer
狐狸	il volpe	s.	fox
狼	il lupo	s.	wolf
獅子	il leone	s.	lion
老虎	il tigre	s.	tiger
大象	l'elefante	s.	elephant
熊	l'orso	s.	bear
猴子	la scimmia	s.	monkey
長頸鹿	la giraffa	s.	giraffe
老鼠	il topo	s.	mouse
鯨魚	la balena	s.	whale
海豚	il delfino	s.	dolphin
鳥	il uccello	s.	bird

Chapter
9

中文	義大利文	詞性	英文
公雞	il gallo	s.	cock
母雞	la gallina	s.	hen
小雞	il pulcino	s.	chick
火雞	il tacchino	s.	turkey
老鷹	l'aquila	s.	eagle
麻雀	il passero	s.	sparrow
燕子	la rondine	s.	swallow
鸚鵡	il pappagallo	s.	parrot
烏鴉	il corvo	s.	crow
貓頭鷹	il gufo	s.	owl
蜥蜴	la lucertola	s.	lizard
蛇	il serpente	s.	snake
鱷魚	il coccodrillo	s.	crocodile
青蛙	la rana	s.	frog
烏龜	la tartaruga	s.	tortoise

中文	義大利文	詞性	英文
昆蟲	l' insetto	s.	insect
蒼蠅	la mosca	s.	fly
蚊子	la zanzara	s.	mosquito
螞蟻	la formica	s.	ant
蟑螂	lo scarafaggio	s.	cockroach
蜘蛛	il ragno	s.	spider
蜜蜂	l'ape	s.	bee
蜻蜓	la libellula	s.	dragonfly
蝴蝶	la farfalla	s.	butterfly
蠍子	lo scorpione	s.	scorpion
跳蚤	la pulce	s.	flea
蛋	il ovulo	s.	ovum (egg)

Chapter
9

中文	義大利文	詞性	英文
樹	l'albero	s.	tree
樹枝	il ramo	s.	branch
樹幹	il tronco	s.	trunk
葉子	la foglia	s.	leaf
種子	il seme	s.	seed
花	il fiore	s.	flower
果實	la frutta	s.	fruit
根	la radice	s.	root
開花	fiorire	v.	bloom
發芽	spuntare; crescere	v.	sprout
結果實	maturare	v.	fructify
枯萎	appassire	v.	wither
花瓣	il petalo	s.	petal

中文	義大利文	詞性	英文
花蜜	il miele	s.	honey
草	l'erba	s.	grass
竹	il bambu'	s.	bamboo
松樹	il pino	s.	pine tree(piny--a)
楊柳樹	il salice	s.	willow tree
榕樹	l'albero del banyan	s.	banyan tree
仙人掌	il cactus	s.	cactus
菊花	il crisantemo	s.	chrysanthemum
玫瑰花	la rosa	s.	rose
百合	il giglio	s.	lily
茶花	la camelia	s.	camellia
鬱金香	il tulipano	s.	tulip
紫羅蘭	la violetta	s.	violet
水仙花	la giunchiglia grande	s.	daffodil
向日葵	il girasole	s.	sunflower

Chapter
9

中文	義大利文	詞性	英文
山	la montagna	s.	mountain
山脈	la zona montana	s.	mountain range
火山	il vulcano	s.	volcano
山頂	la sommita' della collina	s.	hilltop
山谷	la valle	s.	valley
山洞	la caverna	s.	cave
丘陵；小山坡	la collina; il fianco	s.	hill; slope
土地	la terra	s.	land
平原	la pianura	s.	plain
草原	il prato	s.	meadow
高原	altopiano	s.	plateau
海	il mare	s.	sea
海峽	lo stretto	s.	strait

中文	義大利文	詞性	英文
海岸	la costa	s.	coast
沙灘	la spiaggia	s.	beach
海浪	l'onda	s.	waves
珊瑚	il corallo	s.	coral
河	il fiume	s.	river
河岸	la riva	s.	riverside
湖	il lago	s.	lake
瀑布	la cascata	s.	waterfall
泉	la terme	s.	spring
島	l'isola	s.	island
半島	la penisola	s.	peninsula
沙漠	il deserto	s.	desert
綠洲	l'oasi	s.	oasis
沼澤	la palude	s.	swamp
森林	la foresta	s.	forest

Chapter
9

中文	義大利文	詞性	英文
氣候	il clima	s.	climate
氣象	l'atmosfera	s.	atmosphere
氣壓	la pressione d'aria	s.	air pressure
氣溫	la temperatura	s.	temperature
季節	la stagione	s.	season
春	la primavera	s.	spring
夏	l'estate	s.	summer
秋	l'autunno	s.	autumn
冬	l'inverno	s.	winter
天空	il cielo	s.	sky

中文	義大利文	詞性	英文
雲	la nuvola	s.	cloud
烏雲	la nuvola grigia	s.	dark cloud
風	il vento	s.	wind
颱風	il tifone	s.	typhoon
龍捲風	il tornado; la tromba d'aria	s.	tornado
微風	la brezza	s.	breeze
閃電	il fulmine	s.	lightning
打雷	il tuono	s.	thunder
雨	piovere	v.	rain
小雨	piovigginare	v.	small rain
細雨	la pioggia fine e fitta	v.	drizzle

Chapter
9

中文	義大利文	詞性	英文
大雨	pioggia fitta	s.	heavy rain
暴風雨	il temporale	s.	rainstorm
霧	la nebbia	s.	fog
霜	il ghiaccio	s.	frost
雪	la neve	s.	snow
冰雹	la grandine; il ghiaccio	s.	hail
彩虹	l' acrobaleno	s.	rainbow
地震	il terremoto	s.	earthquake
洪水	diluvio; marea di fango	s.	flood
晴天	soleggiato	s.	sunny
雨天	piovoso	s.	rainy

中文	義大利文	詞性	英文
陰天	nuvoloso	a.	cloudy
乾燥	tempo asciutto	a.	dry
潮濕	umido; d'aria; clima	a.	humid
太陽	il sole	s.	sun
月亮	la luna	s.	moon
日蝕	l'eclissi di sole	s.	solar eclipse
月蝕	l'eclissi di luna	s.	lunar eclipse
星星	la stella	s.	star
流星	la stella cadente	s.	falling star
地球	la terra	s.	earth
大氣層	l'atmosfera	s.	atmosphere

Chapter
9

中文	義大利文	詞性	英文
赤道	l' equatore	s.	equator
北極	il polo nord	s.	north ploe
南極	il polo sud	s.	south pole

▲ 義大利也是習慣收取小費的國家，舉凡到飯店、餐廳消費時，別忘了以小費犒賞服務生的辛勞喔！不過部分餐廳會將服務費內含，就不需要在另外支付了。

Chapter
10

其它篇

中文	義大利文	詞性	英文
年	l'anno	s.	year
月	il mese	s.	month
週	la settimana	s.	week
日	il giorno	s.	day
～點	in punto	s.	_ o'clock
～分	il minuto	s.	_ minute
～秒	il secondo	s.	_ second
每年	ogni anni	s.	every year
前年	altre anno	s.	the year before last year
去年	l'anno scorso	s.	last year
今年	quest'anno	s.	this year
明年	il prossimo anno	s.	next year
這個月	questo mese	s.	this month

中文	義大利文	詞性	英文
上個月	il mese scorso	s.	last month
下個月	il prossimo mese	s.	next month
一月	gennaio	s.	january
二月	febbraio	s.	february
三月	marzo	s.	march
四月	aprile	s.	april
五月	maggio	s.	may
六月	giugno	s.	june
七月	luglio	s.	july
八月	agosto	s.	august
九月	setembre	s.	september
十月	otobre	s.	october
十一月	novembre	s.	november
十二月	dicembre	s.	december

Chapter
10

中文	義大利文	詞性	英文
這個星期	questa settimana	s.	this week
上個星期	la settimama scorsa	s.	last week
下個星期	la prossima settimana	s.	next week
星期一	lunedì	s.	monday
星期二	martedì	s.	tuesday
星期三	mercoledì	s.	wednesday
星期四	giovedì	s.	thursday
星期五	venerdì	s.	friday
星期六	sabato	s.	saturday
星期日	domenica	s.	sunday
每天	ogni giorno	s.	every day
今天	oggi	s.	today
明天	domani	s.	tomorrow
後天	dopo domani	s.	the day after tomorrow

中文	義大利文	詞性	英文
昨天	ieri	s.	yesterday
一月二日	il due di gennaio	s.	january second
三月十五日	il quindici marzo	s.	march fifteenth
七月二十日	il venti luglio	s.	july twentieth
清晨	l'alba	s.	dawn
早上	la mattina	s.	morning
中午	il mezzo giorno	s.	noon
下午	il pomeriggio	s.	afternoon
黃昏	la sera	s.	evening
夜晚	il notte	s.	night
凌晨	prima del'alba	s.	before dawn
白天	il giorno	s.	daytime
晚上	la sera	s.	at night
八點五分	le otto e cinque	s.	five minutes past eight

Chapter
10

中文	義大利文	詞性	英文
十一點 三十分	le undici e mezza	s.	half-past eleven
三點 五十五分	le quattro meno cinque	s.	five minutes to four
過去	il passato	s.	past
現在	il presente	s.	now
未來	il futuro	s.	future
最近	il recente	s.	recently
此刻	in questo momento	s.	this moment
現在	adesso	s.	right now
立即	immediatamente	s.	immediately
剛才	appena	s.	just now
以前	tempo fa; primo	s.	past
以後	dopo	s.	future
將近	vicino	s.	near

中文	義大利文	詞性	英文
黑色	il nero	s.	black
白色	il bianco	s.	white
彩色	il colorato	s.	colorful
紅色	il rosso	s.	red
橘色	l'arancio	s.	orange
黃色	il giallo	s.	yellow
綠色	il verde	s.	green
藍色	il blu	s.	blue
紫色	viola	s.	purple
粉紅色	il rosa	s.	pink

Chapter
10

中文	義大利文	詞性	英文
咖啡色	il marrone	s.	brown
灰色	il grigio	s.	gray
金色	l'oro	s.	gold
銀色	l'argento	s.	silver
深色	il colore scuro	s.	dark color
淺色	il colore chiaro	s.	light color
鮮豔的	lucido	a.	bright
素雅的	liscio	a.	plain

▲ 梵諦岡美術館的螺旋樓梯。

中文	義大利文	詞性	英文
數字	il numero	s.	number
整數	il numero intero	s.	integer
二分之一	a meta'	s.	one half
一半	la meta'	s.	half
全部	tutto	s.	all
個	uno; pezzo	s.	piece
十	dieci	s.	ten
百	cento	s.	hundred
千	mille	s.	thousand
萬	dieci mila	s.	ten thousand
十萬	cento mila	s.	one hundred thousand
百萬	un millione	s.	million
千萬	dieci millione	s.	ten million

Chapter
10

中文	義大利文	詞性	英文
億	cento milioni	s.	one hundred million
兆	dieci mila miliardi	s.	ten thousand billion
一	uno	s.	one
二	due	s.	two
三	tre	s.	three
四	quattro	s.	four
五	cinque	s.	five
六	sei	s.	six
七	sette	s.	seven
八	otto	s.	eight
九	nove	s.	nine
十	dieci	s.	ten
十一	undici	s.	eleven
十二	dodici	s.	twelve
十三	tredici	s.	thirteen

中文	義大利文	詞性	英文
十四	quattordici	s.	fourteen
十五	quindici	s.	fifteen
十六	seidici	s.	sixteen
十七	diciasette	s.	seventeen
十八	diciotto	s.	eighteen
十九	dicianove	s.	nineteen
二十	venti	s.	twenty
二十一	vent'uno	s.	twenty-one
三十	trenta	s.	thirty
四十	quaranta	s.	fourty
五十	cinquanta	s.	fifty
六十	sesanta	s.	sixty
七十	settanta	s.	seventy
八十	ottanta	s.	eighty
九十	novanta	s.	ninety

中文	義大利文	詞性	英文
一百	cento	s.	one hundred
序數	il numero ordinato	s.	ordinal number
第一	il primo	s.	first
第二	il secondo	s.	second
第三	il terzo	s.	third
第四	il quardo	s.	fourth
第五	il quinto	s.	fifth
第六	il sesto	s.	sixth
第七	il settimo	s.	seventh
第八	l' ottavo	s.	eighth
第九	il nono	s.	ninth
第十	il decimo	s.	tenth
最後	l'ultimo	s.	last

中文	義大利文	詞性	英文
圓形	il circolo	s.	circle
橢圓形	ovale	s.	oval
三角形	il triangolo	s.	triangle
正方形	quadrato	s.	square
長方形	il rettangolo	s.	rectangle
菱形	il rombo	s.	rhombus
長的	lungo	a.	long
短的	corto	a.	short
寬的	largo	a.	wide
大的	grande	a.	big
小的	piccolo	a.	small
高的	alto	a.	high
低的	basso	a.	low
上面	sopra	avv.	up

Chapter
10

中文	義大利文	詞性	英文
下面	sotto	avv.	down
內；裡面	dentro	avv.	inner; inside
外；外面	fuori	avv.	outer; outside
旁邊	a fianco a	avv.	by the side of
隔壁	dopo il	avv.	next to
前面	davanti	avv.	in front of
後面	dietro	avv.	behind
左邊	sinistra	s.	left
右邊	destra	s.	right
這裡	qui; qua	avv.	here
那裡	li; la	avv.	there
遠的	lontano	a.	far
近的	vicino	a.	near
附近	accanto	avv.	nearby
到處	qualunque posto	avv.	everywhere

中文	義大利文	詞性	英文
四周	intorno	avv.	around
哪裡	dove	avv.	where
東	est	s.	east
西	ovest	s.	west
南	sud	s.	south
北	nord	s.	north

▲ 梵諦岡政府明文規定不得穿著短褲或無袖背心進入教堂，所以腦筋　得快的商人，馬上就研發出
　紙作的長袖上衣和長褲，讓熱昏頭的遊客不必再為衣著的問題傷腦筋了。

Chapter 10

中文	義大利文	詞性	英文
單位	l'unita'	s.	unit
個	il pezzo	s.	piece
顆；粒	il granello	s.	pellet; granule
棵	l'albero	s.	tree
杯	la tazza	s.	cup
瓶	la bottiglia	s.	bottle
包	lo sacchetto	s.	bag
盒	la scatola	s.	box
箱	la scatola di cartone	s.	carton
公斤	il kilogrammo	s.	kilogram
公克	il grammo	s.	gram

中文	義大利文	詞性	英文
公分	il centimetro	s.	centimeter
公尺	il metro	s.	meter
公里	il kilometro	s.	kilometer
層	il piano; il progetto; il pavimento	s.	floor
我	io	pron.	i
妳	tu	pron.	you
你	tu	pron.	you
她	lei	pron.	she
他	lui	pron.	he
它	esso;essa	pron.	it
您	voi	pron.	you
我們	noi	pron.	we

Chapter
10

中文	義大利文	詞性	英文
妳們	voi	pron.	you
你們	voi	pron.	you
她們	loro	pron.	they
他們	loro	pron.	they
它們	essi;esse	pron.	they
這位	questo; questa	pron.	this one
那位	quello; quella	pron.	that one
哪一位	chi	pron.	who
我的	mio	pron.	my
妳的	tuo	pron.	your
你的	tuo	pron.	your
她的	suo	pron.	her
他的	suo	pron.	his

Chapter
11

基本用語篇

哈囉！
Salve; Ciao
Hello!

你好。
Come stai?
How do you do?

你好嗎？
Come stai?
How are you?

我很好。
Sto bene.
I'm fine.

最近不太好。
Non sto bene in questi giorni
I don't feel well in this days.

還是老樣子。

Come sempre

Like usually

很高興認識你。

E' un piacere conoscerti.

Nice to meet you.

早安。

Buongiorno

Good morning.

午安。

Buon pomeriggio

Good afternoon.

晚安。

Buona sera

Good evening.

謝謝。
Grazie
Thank you.

不客氣。
Prego
You're welcome.

對不起。
Scusa; Scusi
I'm sorry.

沒關係。
Non fa niente
That's O.K.

是；對
Si; Giusto
Yes; Right.

不是；不對
No; Non e' esatto
No;wrong

請進。
Entra; Per favore. Venga; Per favore.
Come in, please.

再見。
Arrivederci; Ciao.
Good-bye.

明天見。
A domani
See you tomorrow.

下次見。
Alla prossima
See you next time.

拜託；請。

Per favore

Please.

請幫助我。

Fammi un favore; Per favore. Aiutami; Per favore

Do me a favor, please.

今天是星期幾？

Che giorno e' oggi?

What day is today?

今天是週末。

Oggi e' il fine-settimana.

Today is weekend.

最近的廁所在哪裡？

Dove il bagno piu' vicino?

Where is the near toilet ?

請問這裡是哪裡？

Mi scusi; Potrebbe dirmi dove si trova?

Excuse me. Can you tell me where it is?

車站在哪裡？

Dov'e' la stazione?

Where is the station?

那是什麼？

Che cos'e' quello/a?

What's that?

這個多少錢？

Quanto costa?

How much is it?

他是誰？

Chi e' lui?

Who is he?

請問貴姓？
Come si chiama?
What is your name?

這個怎麼用？
Come si usa questo/a?
How to use this?

哪一家是免稅商店？
Qual'è il negozio senza tasse?
Which one is the Duty Free Shop?

太貴了。
È troppo caro;Costa troppo.
It's too expensive!

不能便宜點嗎?
Non può essere meno costoso?
Can it be cheaper?

有沒有打折？
C'è lo sconto?
Can it be cheaper?

你要去看電影嗎？
Vai al cinema?
Are you going to the movies?

不，我不去。
No; Non ci vado.
No, I'm not.

▲ 米蘭大教堂是標準的哥德式建築。

義語系列：02

我的第一本義大利語單字

作者／施雯櫚
出版者／哈福企業有限公司
地址／新北市中和區景新街 347 號 11 樓之 6
電話／(02) 2945-6285　傳真／(02) 2945-6986
郵政劃撥／31598840　戶名／哈福企業有限公司
出版日期／2015 年 8 月 再版二刷／2018年7月
定價／NT$ 349 元 (附 MP3)

全球華文國際市場總代理／采舍國際有限公司
地址／新北市中和區中山路 2 段 366 巷 10 號 3 樓
電話／(02) 8245-8786　傳真／(02) 8245-8718
網址／ www.silkbook.com　新絲路華文網

香港澳門總經銷／和平圖書有限公司
地址／香港柴灣嘉業街 12 號百樂門大廈 17 樓
電話／(852) 2804-6687 傳真／(852) 2804-6409
定價／港幣 116 元 (附 MP3)

email ／ haanet68@Gmail.com
網址／ Haa-net.com
facebook ／ Haa-net 哈福網路商城

郵撥打九折，郵撥未滿 500 元，酌收 1 成運費，
滿 500 元以上者免運費

國家圖書館出版品預行編目資料

我的第一本義大利語單字 / 施雯櫚 編著. – 初版. – 新北
市 : 哈福企業, 2015.08
　　面；　　公分. –(義語系列 ; 02)
　ISBN　978-986-5616-25-0　(平裝附光碟片)

1.義大利語 2.詞彙

804.62　　　　　　　　　　　　　　104015673

哈福

哈福

哈福

哈福